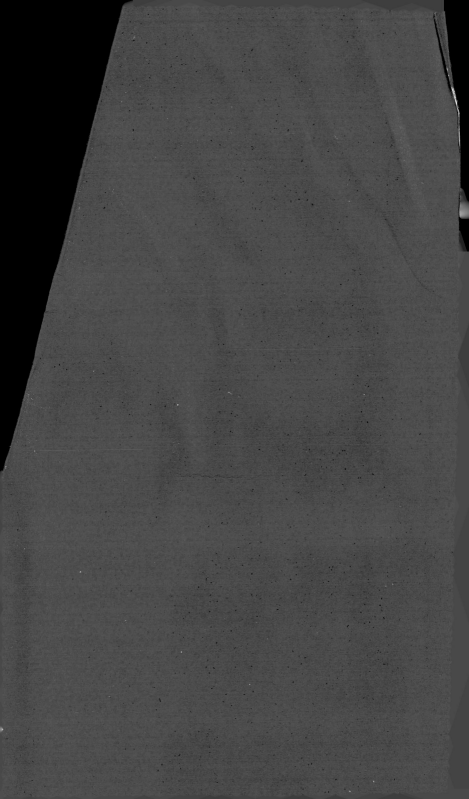

Hotel Tophmush

Sven Holm

TRADUÇÃO DO DINAMARQUÊS
Kristin Lie Garrubo

PREFÁCIO
Jeff VanderMeer

Hotel Termush

TÍTULO ORIGINAL:
Termush, Atlanterhavskysten

COPIDESQUE E TRADUÇÃO DO PREFÁCIO:
Beatriz D'Oliveira

CAPA:
Giovanna Cianelli

REVISÃO:
João Rodrigues
Suelen Lopes

DADOS INTERNACIONAIS DE CATALOGAÇÃO NA PUBLICAÇÃO (CIP)
DE ACORDO COM ISBD

H747h   Holm, Sven
Hotel Termush / Sven Holm ; traduzido por Kristin Lie Garrubo. - São Paulo, SP : Aleph, 2025.
248 p. ; 14cm x 21cm.

Tradução de: Termush, Atlanterhavskysten
ISBN: 978-85-7657-733-1

1. Literatura dinamarquesa. 2. Ficção científica. 3. Distopia. I. Garrubo, Kristin Lie. II. Título.

	CDD 839.81
2025-1335	CDU 821.113.5

ELABORADO POR ODILIO HILARIO MOREIRA JUNIOR – CRB-8/9949

ÍNDICES PARA CATÁLOGO SISTEMÁTICO:

1. Literatura dinamarquesa 839.81
2. Literatura dinamarquesa 821.113.5111(73)-3

COPYRIGHT © SVEN HOLM & GYLDENDAL, COPENHAGEN, 1967
COPYRIGHT PREFÁCIO © JEFF VANDERMEER, 2023
COPYRIGHT © EDITORA ALEPH, 2025

PUBLICADO MEDIANTE ACORDO COM GYLDENDAL GROUP AGENCY
& CASANOVAS & LYNCH LITERARY AGENCY.

TODOS OS DIREITOS RESERVADOS.
PROIBIDA A REPRODUÇÃO, NO TODO OU EM PARTE, ATRAVÉS DE
QUAISQUER MEIOS.

Rua Bento Freitas, 306 - Conj. 71 - São Paulo/SP
CEP 01220-000 • TEL 11 3743-3202
www.editoraaleph.com.br

Esta tradução recebeu o apoio de Danish Arts Foundation

 @editoraaleph
 @editora_aleph

Aos meus pais.

PREFÁCIO

*"Lá fora, o mar entrou em ponto morto,
não está escuro nem claro."*

Na metade de *Hotel Termush*, o inquietante pesadelo manifesto de Sven Holm, o narrador sem nome se depara com um "jardim revirado e pisoteado" onde "seres pétreos são os únicos sobreviventes". Holm descreve essas estátuas como de "formato peculiar, os corpos parecendo grandes blocos sem sutilezas, feitos mais para evocar a sensação de peso e massa do que de força nos músculos e tendões". Mais tarde, uma hóspede do hotel murado e fechado, voltado para os ricos, relata um sonho no qual, "de todos os objetos, emanava aquela luz que transpassava as vestes, a pele e a carne nos ossos, as folhas das árvores e [...] delineava o âmago mais íntimo e vulnerável de humanos e vegetais".

Da mesma forma pode-se descrever uma das qualidades mais consistentes do próprio *Hotel Termush*, que obtém seus estranhos êxitos tanto por meio de contínuas e perturbadoras revelações, quanto pelo "formato peculiar" de um cenário fixo, impermeável, no qual elementos cotidianos de nosso mundo parecem alienígenas sob as lentes de uma catástrofe nuclear.

Muito antes de o santuário do Termush se tornar visivelmente inseguro, esses atos de desfiar a realidade sinalizam a verdadeira situação do narrador. A própria textura do mundo se torna incognoscível ou, talvez, imbuída de uma força, uma vibração ou um verniz que altera a realidade. O *Hotel Termush* de Holm é, então, uma crônica realista do colapso de uma microssociedade e uma jornada surreal de um homem confrontado por uma crise, que reconstrói seus arredores como modo de lidar com ela.

Existe também mais uma sobreposição, não tão evidente quanto nos anos 1960, quando Holm publicou *Hotel Termush*. Os resquícios e as decisões do passado ainda podem afetar nosso futuro, no sentido de que a ameaça de um holocausto nuclear não passou. No entanto, nesse ínterim, outros desastres que se manifestam majoritariamente de modo "invisível" nos dominaram: nosso medo de radiação e imolação deu lugar ao medo da crise climática, que deu lugar ao medo da pandemia. A tentativa da mente de lidar com essas ameaças leva a perturbações e visões estranhas, pois os elementos de infiltração e contaminação confundem o cérebro. As assombrações da era moderna agora com frequência não são fantasmas, apenas as coisas que não conseguimos enxergar... mas que nos afetam de forma radical.

Logo, não surpreende que, lido agora, a lógica lúcida de *Hotel Termush* nos pareça mais um sonho lúcido, impregnado de uma nova relevância na qual monstros ocultos espreitam os mesmos cômodos que o narrador, avaliando seus movimentos. As nítidas deficiências de uma administração emergencial se tornam hiper-realistas ou ultrarrealistas, por causa de sua proximidade com as aflições autoimpostas dos tempos modernos. Pois *Hotel Termush* — ao contrário de outros clássicos vintage, sejam cult ou não — não teve sua relevância desvanecida. A maneira precisa como o enlouquecimento após um desastre é tranquilamente descrito e a anonimidade de cenário e personagens garantem um senso de atemporalidade.

É um livro curioso, nesse sentido, com sua prosa desapaixonada que evita, em grande parte, os detalhes sensoriais de paladar, tato e olfato, mas ainda vai no âmago de como é vivenciar tal situação. Nesse âmago apresenta-se a desconexão, desnudada por certo nível de detalhamento ou por falta de detalhamento. Em meio a descrições banais de procedimentos burocráticos e a sátiras sutis, mas afiadas, a respeito da classe privilegiada, estas páginas suscitam percepções potentes em relação ao mundo.

De modo habilidoso, Holm faz com que seu narrador tanto desvie quanto chame a atenção para esse impulso desde as primeiras páginas, nas quais ele expressa confusão a respeito de quão "indolor" foi a catástrofe, tendo "por instinto imaginado uma situação mais drástica, uma transformação radical, em que cada coisa carregaria vestígios do que havia acontecido, os móveis e as paredes estariam mudados e a paisagem do lado de fora das janelas exibiria um mundo totalmente novo". Dessa maneira, as manifestações físicas da imaginação humana se transformam em personagens da história, mesmo quando inalteradas, porque é esperado que se alterem.

Um dos melhores trechos de *Hotel Termush* parte desse impulso para um longo devaneio sobre o desastre, que expressa confusão, alívio e uma reestruturação dos arredores do narrador para se alinhar à verdade invisível: "que uma pedra não seria mais pedra e o ar não seria mais ar, e que a transformação de um ser humano em um pilar de sal deixaria de ser apenas fábula".

Essa transmutação reflete um anseio por conforto, por âncoras, por significado — coisas de que a radiação se abstém ou de que esteve sempre sobrenaturalmente desprovida. Nas entrelinhas, lê-se: *Seria muito melhor se tudo isso se manifestasse, para que eu compreendesse melhor, lidasse com a situação, me acertasse com ela.* Mas não, não há sequer uma névoa: uma névoa pela qual vadiar perdido, talvez em um passeio pela costa no iate do hotel, que em determinado ponto recebe os hóspedes e é enviado ao mar para distraí-los da calamidade.

O senhor está de acordo com o passeio de barco da administração? Sou a favor do passeio de barco da administração. Assim se passa um alucinante capítulo de subtom existencial (essas táticas emergenciais às vezes soam bem engraçadas descritas no humor seco de Holm).

Um reconhecido escritor dinamarquês de realismo literário, Holm pode não ter esperado ou sequer pretendido criar uma história de ficção especulativa que faz tanto sentido para um público moderno. Suas outras obras não contêm tal elemento, mas muitas possuem grandes acontecimentos similares, e *todas* criticam a sociedade moderna, buscando maneiras de, por falta de palavra melhor, despertar o leitor para os males do capitalismo e de outras ideologias destrutivas.

Hotel Termush se destaca em relação às "ficções aconchegantes de desastre" dos anos 1950, como os romances de John Wyndham, pelo modo como narra o desenlace de uma guerra nuclear, e passa a ocupar um território mais urgente. Nesse gênero, os perigos de uma situação calamitosa se entrelaçam com um tom quase alegre de turismo da tragédia; porém, o mais importante é que a civilização sempre vence no final, mesmo que transformada. As milícias podem deter o poder por um tempo, ou a praga pode dizimar cidades inteiras, desde que, ao fim do romance, o equilíbrio e a harmonia, a lógica e a ordem, sempre voltem aos empreendimentos humanos.

Não é o que acontece em *Hotel Termush*, que também evita, com seu foco singular e sua narrativa veloz, ecos da Guerra Fria que poderiam, de outra forma, ter datado a história. Em vez de se concentrar no agudo pressentimento de que "os outros" estão prestes a arrombar os portões, Holm mergulha na psique dos entocados sobreviventes e nos perigos do desmoronamento social.

Nesse sentido, e com seus toques surreais, *Hotel Termush* parece mais uma ponte entre as narrativas mais aconchegantes de "retorno à vida normal" e as distopias extravagantes e assombrosas de J. G. Ballard, que trouxe à era moderna esse tipo de ficção. Alguns trechos de *Hotel Termush* poderiam facilmente ter sido publicados na *New Worlds*, a influente revista do movimento da nova onda da ficção científica dos anos 1960, do qual Ballard fazia parte. Esse movimento especulativo aplicava habilmente uma atitude intelectual rigorosa e às vezes uma abordagem formalmente experimental à ficção híbrida; romances que tinham um viés resoluto e realista ao mesmo tempo que traçavam imagens perturbadoras e retratos devastadores dos efeitos psicológicos do futuro errado na mente humana.

Holm com certeza tinha a intenção de explorar a realidade psicológica de sua conjuntura, e a história contém muitas percepções sutis dos personagens, embora tais personagens com frequência sejam construídos com o mesmo nível de detalhe que o cenário. O médico do hotel, por exemplo, pede a uma mulher uma amostra de urina para verificar a saúde dos pacientes, mas ela cai "em prantos sobre a mesa à sua frente" enquanto repete que "não havia qualquer problema com sua urina". Em uma história mais medíocre, isso pareceria ao leitor moderno uma característica da divisão de gênero da época, mas Holm se mostra mais perspicaz, pois seu narrador faz a observação de que "a reação desta mulher é compreensível. Menos compreensível é nossa capacidade de permanecer impassíveis, sem expressar amabilidade, humor ou irritação. O surto dela me parece mais natural" porque significa que "sua imaginação e sensibilidade não podem ser amordaçadas e amarradas, como é o caso do resto de nós".

Holm mostra que, ao reprimir tais impulsos na tentativa de lidar com a situação, a paisagem em si se torna distorcida e estranha, enquanto o mal invisível continua a infiltrar e rodear o hotel.

Poucos livros distópicos que se concentram na reação de um grupo privilegiado ao desastre deixam de fazer alguma crítica social, e se os comentários em *Hotel Termush* parecem básicos, bom, talvez a monocultura moderna precise se tornar mais complexa. Pois os ricos sempre — desde antes de *Hotel Termush*, durante *Hotel Termush* e depois de *Hotel Termush* — tendem a possuir maiores chances de escapar das consequências de um desastre, por motivos óbvios.

Ainda assim, o modo como Holm retrata a chegada de refugiados da radiação ao hotel tem uma lógica e uma humanidade que são profundamente instigantes, enquanto a administração do hotel procura agir de forma ética, com alguns dos hóspedes concordando em apoiá-los e outros não. Seu toque hábil pode ser identificado em frases como: "Da biblioteca, os gemidos dos feridos diminuíram, como se tivessem lhes servido conhaque também ou lhes solicitado que não atrapalhassem as comemorações do aniversário da fundação do hotel".

E mais para o fim da história, quando as condições pioram, mas também se aprofundam, a imaginação do narrador se expande para contemplar tudo que não estão vendo e tudo que ainda não foi plenamente vivenciado dentro de seu privilegiado santuário: "Visualizamos o dia em que os peixes abandonarão a água e se arrastarão pela areia e pela terra em direção às árvores, onde se prenderão aos troncos com mandíbulas esfoladas para subirem até os galhos, onde viverão de acordo com instintos totalmente novos. Vemos árvores desfolhadas cheias de esqueletos de peixes cujas peles farfalham como o estertor das vítimas da peste".

Desse início fantasmagórico, a visão do narrador se expande para incorporar a Terra e os humanos nela. Enquanto *Hotel Termush* transmite de maneira admirável a realidade de viver um apocalipse nuclear, o maior triunfo de Holm é transmitir a estranheza e a perturbação psicológica de tal situação. Se esta história pode ser considerada uma espécie de clássico, é por causa desses elementos inesperados e singulares, que são, de certa forma, mais reais que a realidade.

"Nosso medo não é mais da morte, mas da transformação e do aleijamento", escreve Holm.

Vamos ao Termush! Talvez, de um jeito ou de outro, consigamos chegar lá a tempo.

Jeff VanderMeer

HOTEL TERMUSH

Fui acomodado em um dos quartos no último andar do hotel. Tudo correu conforme o planejado, exatamente como nos havia sido descrito de antemão, e como estava explicado nos folhetos que recebemos com o formulário de inscrição.

Nenhum de nós tinha esperado que tudo corresse de forma tão indolor. Digo isso tanto no sentido literal quanto no figurado. Havíamos por instinto imaginado uma situação mais drástica, uma transformação radical, em que cada coisa carregaria vestígios do que havia acontecido, os móveis e as paredes estariam mudados e a paisagem do lado de fora das janelas exibiria um mundo totalmente novo.

Ainda assim, sentimos a mudança em algum lugar dentro de nós. O estado de medo e expectativa passou, dando lugar a uma surdez absoluta, não só dos ouvidos, mas do corpo todo, uma exaustão ou vertigem profunda. Não podemos nos levantar de uma cadeira para ir até a porta sem nos darmos conta disso e, ainda assim, nenhum de nós é capaz de controlar a sensação. Tudo mudou, mas ainda procuramos por um único detalhe que tenha sido alterado. É como uma convalescença oscilante entre a doença e seu desfecho fatal.

A administração nos reitera que não devemos nos sentir seguros. Mesmo que tenhamos permanecido bastante tempo nos abrigos subterrâneos do hotel, mesmo que todas as salas, todos os corredores, quartos e salões tenham sido higienizados e verificados pelos seguranças, incluindo as imediações do hotel, cada hóspede recebeu um dosímetro, no qual deve registrar diariamente a radiação a que é exposto. Intensímetros foram instalados em volta do hotel, no teto solar e em cada andar, e são conferidos a intervalos regulares.

Naturalmente, não há risco de os hóspedes se sentirem seguros. Quando a administração se expressa dessa forma, não é por falta de empatia com a situação dos hóspedes, mas antes por dar preferência a uma linguagem direta que, em parte, tranquiliza a própria administração e, em parte, nos lembra o tom impessoal dos folhetos. Afinal de contas, a administração e os hóspedes estão sujeitos às mesmas condições.

A mobília do meu quarto estava guardada e protegida no porão, até mesmo o espelho, as prateleiras e as reproduções que agora adornam as paredes. Tudo foi levado para o andar de cima e o quarto foi arrumado antes de eu me instalar.

A cama, a mesa, as duas poltronas, a luminária, o guarda-roupa. Os quadros que apresentam cores vivas. Um jardim de Monet com papoulas excessivamente vermelhas e uma luz brilhante, embora suave, como se buscasse resgatar o brilho da infância. Um busto de Klee, inexpressivo como uma máscara, mas intrigante, com a matiz de uma grande melancia, ao mesmo tempo afável e assustador. A administração informou que essas obras de arte podem ser substituídas se as acharmos inapropriadas, ou trocadas com as do vizinho, se desejarmos apenas uma mudança temporária. Entre as duas obras está pendurado o espelho, no qual você pode conferir seu próprio rosto, sem, no entanto, ter a opção de substituí-lo.

Ando pensando em um dos pontos do folheto: "Um aspecto físico do decaimento radioativo é a transformação dos elementos químicos. Tomemos o exemplo do fósforo radioativo, P-32. Pela emissão de uma partícula beta, este isótopo se transforma em enxofre estável. Não é difícil imaginar a confusão que se seguirá..."

Teria sido esse o alerta que nos convenceu de que as coisas que nos eram mais familiares se tornariam, após a catástrofe, as mais estranhas? Que o fósforo cairia pela tabela periódica e se converteria em enxofre, que algo que parecia determinado metal se revelaria outro, com propriedades completamente diferentes, que uma pedra não seria mais pedra e o ar não seria mais ar, e que a transformação de um ser humano em um pilar de sal deixaria de ser apenas fábula?

Será que chegamos a acreditar que encontraríamos a mesa de madeira transformada em massa esponjosa e a superfície do espelho, em uma impalpável luz fosforescente? Imaginamos que a maçaneta da porta se desfaria ao toque e que as vidraças das janelas desmoronariam numa pilha de sílica ardente, que os tecidos se tornariam rígidos como chapas de aço e que um cacho de frutas se estilhaçaria feito porcelana em nossas mãos? Será que esperávamos que as moléculas do ar fossem afiadas como cristais e que nossa própria pele não passasse de uma massa escura glaceada por completo, absolutamente diferente de nós?

Não chegamos a imaginar uma transformação tão brutal do nosso ambiente. Mas talvez uma das razões dessa sensação de impotência seja o fato de que as coisas preservaram sua aparência, agora que a catástrofe já aconteceu. Sem saber, depositamos nossa fé na catástrofe, supondo que nossos medos seriam justificados por meio de imagens tão fortes quanto as criadas pela nossa imaginação.

No entanto, ao retornarmos de nossa estadia nos abrigos subterrâneos do hotel, encontramos um mundo que havia passado por uma transformação menor do que aquela causada por qualquer tempestade de verão. E, agora que necessitamos de fato de entendimento e de imaginação, nenhum de nós parece ter forças suficientes para isso.

Vinte e quatro horas se passaram desde que voltamos ao hotel, e todos estiveram ocupados — ou se fizeram ocupados — ajeitando a disposição dos móveis, comparando as obras de arte e a localização dos quartos.

Lá fora, o sol brilha através de uma fina camada de nuvens, mas não há perspectiva de chuva, algo que, de acordo com os especialistas em radiação, deveria nos tranquilizar.

Hoje de manhã fomos convocados para o salão comunal. A convocação foi feita pelo sistema de alto-falantes do hotel, que evidentemente funciona para fazer a divulgação desse tipo de ordem mesmo que um hóspede esteja com seus alto-falantes desligados. Quando uso o termo "ordem" não é para indicar qualquer sentimento de protesto de minha parte, embora considere essa medida contrária à individualidade. Por outro lado, tenho minhas ressalvas: o sistema pode ser importante para todos nós, é apenas sua utilização, neste caso, que questiono.

A administração anunciou que dentro de poucos dias enviará uma patrulha de reconhecimento que investigará a possibilidade de fazer contato com outros grupos nas áreas do país que não foram completamente devastadas nem estão mais em risco devido à radiação.

A patrulha levará equipamentos de transmissão de longo alcance, e toda manhã a administração nos informará sobre as medições e observações recebidas no dia anterior.

Naturalmente, o grupo destacado será equipado com o devido traje de proteção, mas desistiram da ideia de motorizá-lo. De acordo com as últimas transmissões de rádio que recebemos, nos abrigos subterrâneos, a malha rodoviária foi destruída. Cogitou-se o uso de pequenas scooters, mas elas são mais úteis para distâncias curtas, e a questão do combustível seria difícil de resolver.

O grupo será composto por um especialista em radiação, um médico e alguns voluntários, que, pelo que entendi, se ofereceram durante nossa estadia nos abrigos subterrâneos. Evidentemente, deram preferência aos mais jovens para essa tarefa.

Já que não se pode esperar que o grupo encontre alimentos em estado comestível, levarão consigo uma boa quantidade de enlatados, mas, devido ao peso, não será possível equipá-los com água potável para mais do que alguns poucos dias. A administração e os próprios membros da patrulha estão confiando nas reservas subterrâneas de água potável que estão marcadas no mapa. Em minha opinião, há razões de sobra para acreditar que tais reservatórios foram destruídos — e, se estiverem intactos, que já foram consumidos.

O mapa oficial que mostra as provisões subterrâneas de água foi divulgado há vários anos.

No geral, pareceu-me que a patrulha estava otimista demais em sua avaliação. Claro que cada membro do grupo foi escolhido a dedo, e eles estão cheios de energia por conta da natureza da missão, talvez até empolgados, mas, por outro lado, não podem pensar apenas em si mesmos; se forem imprudentes, podem prejudicar bastante os hóspedes do hotel e a administração. De acordo com o plano completo divulgado no folheto, um grupo de reconhecimento só seria enviado caso toda a comunicação pública falhasse. No entanto, achei melhor não levantar minhas dúvidas na primeira reunião.

Um dos hóspedes propôs que as mensagens da patrulha fossem transmitidas diretamente pelo sistema de alto-falantes do hotel e, embora tenha sido uma sugestão séria, provocou risos e abanos de cabeça. Naturalmente, era uma ideia melodramática, mas é importante que os hóspedes façam sugestões que possam ser debatidas.

O médico do hotel anunciou que queria coletar amostras de urina de todos nós, duas vezes por semana, para comparar os resultados com as leituras do dosímetro. Logo, uma das mulheres caiu em prantos sobre a mesa à sua frente. O médico fez menção de ajudá-la, mas ela o encarou, balançando a cabeça, enquanto repetia que não havia qualquer problema com sua urina, que não permitiria que fosse examinada, e que não havia nada no folheto sobre aquele tipo de teste.

Ela foi levada embora discretamente e o médico lhe aplicou uma injeção de sedativo. Mais tarde, ao descobrir que ela ocupava o quarto em frente ao meu, eu a procurei. Àquela altura, ela estava deitada em um estado de sonolência e quis segurar minha mão em suas palmas úmidas e quentes, mas sua mente havia se acalmado, e ela não via mais nada de perturbador no comunicado do médico; parecia quase ter se esquecido do episódio no salão.

A reação desta mulher é compreensível. Menos compreensível é nossa capacidade de permanecer impassíveis, sem expressar amabilidade, humor ou irritação. O surto dela me parece mais natural do que nossa compostura; sua imaginação e sensibilidade não podem ser amordaçadas e amarradas, como é o caso do resto de nós.

E mais uma vez gostaria de questionar se estamos mesmo em condições de avaliar todas as eventualidades relacionadas ao envio da patrulha ou de tomar decisões a respeito do futuro da nossa existência. Se não nos arriscamos a um embrutecimento, se nos proibimos de reagir fora das diretrizes do folheto. Se teremos a capacidade de ao menos administrar nossas próprias personalidades, uma vez que reprimirmos os impulsos que fazem de nós precavidos e ativos, nervosos e inquietos, mas, quando necessário, mais aptos a reavaliar tudo.

Eu me incluo nessas reflexões, pois gasto meu tempo preocupado com o intenso verde do papel de parede, que me incomoda, e com os ruídos do quarto vizinho, que invadem meu espaço a despeito da minha vontade. A poltrona de couro é a única peça de mobília com a qual estou realmente contente. Até o espelho tem uma moldura que o faz destoar do restante da decoração.

Todos esses detalhes me preocupam a tal ponto que me causa perplexidade e inquietação. Meu único consolo é que tudo ainda é tão novo que o que aconteceu não pode ser compreendido pela razão nem teve tempo de penetrar no organismo.

Hoje, pela primeira vez, pudemos sair do hotel.

Depois que deixamos os abrigos subterrâneos, andei observando os guardas, que, com contadores Geiger, máscaras de gás e seus trajes grossos e brancos de proteção, têm circulado e regado os jardins ao redor dos edifícios.

Os ladrilhos que levam ao pátio e seguem até o mar já foram todos virados, os grandes cactos foram lavados e o solo entre eles, escavado. As flores foram cortadas e enterradas em seus próprios canteiros, os arbustos, regados, e o gramado, virado de ponta-cabeça, cada folha de grama virada do avesso como o dedo de uma luva, segundo a descrição do próprio serviço de segurança.

Por isso, a paisagem está marrom, o solo está todo rachado, enquanto as grandes folhas arredondadas dos cactos resplandecem em seu verdor e a folhagem dos arbustos brilha como se fosse artificial. As rochas estriadas que se erguem sobre o trecho à beira-mar foram raspadas de vegetação e estão manchadas de terra e água.

A uma pequena distância da área privativa do hotel, a paisagem parece bastante intacta. Verde e cinza se intercalam, mas os guardas fizeram medições e nos revelaram que permanecer por lá seria como estar em um país onde a atmosfera é feita de ácido sulfúrico. Só é possível já sair ao ar livre porque não há vento, e a poeira dos arredores não ameaça levantar e invadir o hotel.

Circulamos pelo jardim como se quiséssemos testar a durabilidade das trilhas e vistoriar os cactos e as rochas. Já que ninguém se aventurou a se afastar muito dos demais, seguimos o caminho indicado até o mirante que se projeta sobre o mar e depois de volta à escadaria principal do hotel.

Ninguém falou muito; todos usavam sobretudos, e muitos cobriam a boca com um lenço, embora os seguranças nos tivessem informado que era desnecessário. Uma inquietação arrepiante pairava sobre todos nós, nos forçando a ficar próximos, nos calcanhares de quem estava segurando o intensímetro.

Eu estava acompanhando a mulher de ontem, que se juntou a mim com um simples sorriso, e mais adiante, quando chegamos ao mirante, lhe ofereci o braço. Ela ainda me parece desassossegada, não apenas em função de suas ações recentes, mas como se uma leve inquietação e temor fossem partes integrantes de sua natureza. Por isso, ela consegue encarar o mundo exterior sem a sonâmbula segurança que caracteriza o resto de nós e que, embora nos torne capazes de agir, também nos impede de duvidar de nossas ações e suas motivações.

Não trocamos muitas palavras, mas sentimos um arrepio simultâneo quando o mar de repente se revelou à nossa direita. Não porque o mar tivesse mudado, mas talvez porque nossa própria mudança tenha ficado muito clara naquele instante. Um deserto arrefecido e infindável preenchido pelo brilho incolor do sol. Apenas rente aos penhascos era possível acompanhar o movimento da água — como se a velocidade ou a formação das ondas tivessem sido diminuídas devido à altura do miradouro acima da praia.

A vista do Oceano Atlântico, que irradiava uma frieza tão completa, englobou minha primeira experiência do acontecido. E, no entanto, este mar nada tem a ver com a catástrofe; pelo contrário, é o último lugar onde se espera encontrar seus vestígios. O jardim escavado, as folhas de cacto lavadas, os canteiros revolvidos, todas essas mudanças me afetaram menos do que o oceano absolutamente inalterado.

No caminho de volta, encontramos o segundo grupo, eles também vestidos com longos sobretudos, pálidos e inquietos, porém menos calados do que nós, que já havíamos visto o mar.

4

No dia anterior à nossa subida dos abrigos subterrâneos, quatro pessoas foram encontradas mortas na entrada principal do hotel.

Aparentemente, não era para os hóspedes terem sido informados disso, mas um dos guardas acabou dando com a língua nos dentes. Contou que estava presente na hora em que os corpos foram retirados e enterrados. Quando levantaram o último corpo, os cabelos caíram na escada, quase como uma peruca completa. Era o cadáver de uma jovem, com o rosto inchado e o corpo coberto de pequenas feridas pontilhadas. Os outros três eram homens, sem lesões, mas um deles apresentava pequenas feridas no peito que lembravam as da mulher. Devem ter pensado que receberiam ajuda no hotel e, já que ninguém reagiu às batidas, se deitaram na entrada. Sem dúvida vieram dos vilarejos mais próximos, situados a uns dez quilômetros de distância do litoral. Todos morreram da doença da radiação.

Sou contra a decisão da administração de manter segredo sobre a descoberta dos quatro corpos. Dessa forma, a administração atribui a si um papel de autoridade máxima que não lhe cabe. Pode-se argumentar que dessa vez o abuso de poder é de pouca importância, que o secretismo não faz diferença, que talvez até tenha sido ditado uma questão de consideração, mas rejeito tais argumentos.

Se a administração do hotel se vê como um escudo entre os hóspedes e seu entorno, por mais assustador que o mundo exterior se revele, ela atua em conflito direto com seus pressupostos. Ser "uma garantia de ajuda em uma situação que muito bem pode se tornar completamente caótica", como dizia o texto pouco útil do folheto, não significa tomar para si o dever de encobrir os detalhes da verdade.

Conversei com alguns vizinhos de quarto e outros hóspedes daqui do hotel, que não discordam de mim, embora pensem que atribuo muita importância a um evento tão insignificante.

Há vários anos, quando fiz minha inscrição na instituição como uma *garantia de ajuda*, foi em virtude da localização isolada do hotel, de seus estoques subterrâneos, do acesso a um lençol freático não contaminado, dos abrigos seguros e da garantia de um serviço de segurança e de patrulhas de reconhecimento. Não paguei a taxa de inscrição e as altas prestações mensais para ficar sob tutela e ser privado de minha capacidade de avaliar a situação ao redor.

Mas, para grande parte dos hóspedes do Termush, talvez seja tranquilizador ser poupado de detalhes desconcertantes. Ser um habitante do Termush não sinaliza um interesse acima da média pelo mundo ao redor. No momento da inscrição, o que importava era o acesso a acomodações protegidas, um hotel com funcionários bem-treinados, médicos e um iate a motor, pronto para transportar os hóspedes para fora do país caso este permanecesse inabitável por muito tempo.

Tudo havia sido preparado. Até uma arca de Noé capaz de levar os espécimes humanos selecionados para uma vida em meio a jardins e chafarizes em outra parte do mundo, onde se podia respirar o ar e tocar as flores e as frutas sem risco de ser fatalmente ferido.

Para mim, a inscrição foi uma medida prática que pude tomar graças a meu patrimônio.

Duas das três vezes em que o Termush emitiu uma convocação de emergência, a própria instituição as revogou porque o iminente risco de guerra se desfez. Mas já nos hospedáramos aqui uma vez; fomos trazidos de ônibus e levados de volta poucos dias depois, quando a crise havia passado. No entanto, o número de hóspedes agora é muito maior, talvez pelo fato de a convocação ter entrado em vigor numa sexta-feira e houvesse a possibilidade de, em caso de ser um alarme falso, aproveitar a estadia como um fim de semana agradável. O tempo estava quente e o sol, persistente em um céu sem nuvens. Mas logo na primeira noite fomos chamados para os abrigos subterrâneos. Não havia dúvida. Não havia mais ninguém que pudesse duvidar.

Devido a meu estado um tanto confuso e minhas especulações, pedi que me servissem o jantar no quarto.

Mais tarde, a mulher do quarto da frente me procurou, pois havia notado minha ausência no refeitório. Expliquei-lhe resumidamente minhas preocupações, justificando minha ausência com um mal-estar passageiro.

Ela me pediu que a chamasse por seu nome, Maria, e no decorrer da noite me contou sobre sua vida. Não era nada extraordinária, mas foi recontada com uma ternura e um carinho que me cativaram. Ela tinha sido casada, mas o marido falecera e eles nunca tiveram filhos. Assim como eu, ela havia lecionado em uma universidade.

Depois de ela ir embora, decidi apresentar minha opinião à administração na próxima reunião no salão comunal. Eu era contra o sigilo dos corpos.

Toda noite, transmitem música pelo sistema de alto-falantes do hotel. Eu estava escutando o programa, mas devo ter caído no sono e dormido umas duas horas sobre a cama ainda arrumada. Quando acordei, o quarto estava frio, e do alto-falante saía um tom monótono, quase inaudível, que ficou ressoando em meus ouvidos por muito tempo enquanto eu estava sentado à mesa, escrevendo.

5

O sistema de alto-falantes voltou a ser usado para convocar uma reunião, mesmo que o horário já tivesse sido anunciado ontem.

No salão, os quatro homens da patrulha de reconhecimento, vestidos em trajes de proteção, ocupavam os assentos de destaque. A reunião acabou se tornando uma despedida a eles, ou melhor, um ritual para enfatizar a conexão entre os membros do grupo de reconhecimento e os hóspedes do hotel.

Os homens da patrulha sorriam solenemente, o mesmo sorriso que vemos nas fotografias de astronautas. Eles também são emissários, a um só tempo sérios como os exploradores do passado e sorridentes como os anônimos pilotos espaciais.

Um representante da administração do hotel e um dos hóspedes fizeram discursos em homenagem ao grupo; o clima era sério, mas curiosamente desprovido de solenidade. Estamos genuinamente preocupados, mas, ao mesmo tempo, alienados feito espectros, lidando com nossas próprias emoções. A atitude dos patrulheiros revela a mesma ambiguidade; nenhuma das partes consegue se expressar sem fazer caretas.

Dos dois lados, desempenhamos os mesmos papéis de anteontem; o que aconteceu marcou tudo a ferro e, de agora em diante, não pode haver qualquer mudança. O mundo está tal qual estava no segundo em que a catástrofe aconteceu; nós, que restamos, podemos nos mover em volta do imenso cristal negro, mas somos incapazes de alterá-lo.

Contemplamos o escuro conglomerado onde edifícios, ruas, árvores, hordas de gente e vastas paisagens com fazendas e rebanhos de gado estão petrificados como mosquitos incrustados em âmbar. Uma mão segurou uma garrafa de cerveja e não pode mais ser distinguida da garrafa; um rosto se virou para outro e os dois estão para sempre grudados; dois braços estendidos estão prontos a receber uma criança em movimento, que corre em direção a eles; uma faca de cozinha está parada no meio do pão, embora quem guiava a faca pretendesse finalizar o corte; água flui da torneira e, nas ruas, os carros se amontoam, e nada disso pode ser mudado; o mundo se consumou, e os sobreviventes terão de permanecer fora dele.

Entendo o medo de voltar nossa atenção para a catástrofe. E os dias no Termush são estáveis; o sol segue seu curso, a comida é servida e a música ecoa dos alto-falantes. Quanto mais permanecermos iguais — e os espelhos em nossos quartos mostram que permanecemos —, mais o mundo também deverá ser o mesmo. Por isso, é maldade falar em transformação. Nós somos a prova do contrário.

No entanto, estou convencido de que devemos tirar disso a conclusão inversa. Que precisamente tais circunstâncias nos obrigam a nos manter informados sobre a catástrofe.

Após a reunião, na hora das perguntas, levantei a questão do sigilo, como eu havia decidido fazer.

A administração rebateu minha pergunta; já havia garantido que os guardas não cometeriam mais indiscrições. Era o dever dos funcionários e da administração lidar com as coisas desagradáveis e perturbadoras, assim como manter a ordem e a limpeza.

Eu esperava contar com o apoio de alguns dos outros hóspedes, mas apenas um se pronunciou, e foi para apoiar exclusivamente a administração. Era o homem que havia feito o discurso em homenagem à patrulha de reconhecimento. Ainda me lançou alguns insultos, alegando que eu não sabia do que estava falando e afirmando que era preciso abafar o que pudesse ser abafado, sim, e que deveríamos preferir uma mentira habilidosa a uma verdade maldosa.

Não tive como responder à réplica dele, ou melhor, eu me abstive de protestar.

Minhas preocupações a respeito dos poderes da administração do hotel não diminuíram. Quando as mensagens de rádio da patrulha de reconhecimento forem transmitidas, não se poderá presumir que não terão sido censuradas. Não se poderá sequer esperar que os hóspedes sejam contra tal censura.

Devido a um pouco de vento, fomos proibidos de sair hoje. A poeira dos arredores está chegando ao hotel, ainda que seja apenas em pequenas quantidades.

A despedida dos quatro membros da patrulha aconteceu através das janelas fechadas do saguão. Os homens partiram com suas leves carretinhas de equipamentos e enlatados. Já estavam usando máscaras de gás, trajes de proteção, capacetes e botas. Portanto, moviam-se lenta e um tanto desajeitadamente, como mergulhadores debaixo d'água.

Conseguimos acompanhá-los por uns vinte minutos enquanto desciam pela estrada e entravam na área isolada, antes de desaparecerem atrás dos penhascos. Andavam levemente curvados para a frente, gingando feito crianças gigantes em trajes brancos. Ao vê-los, senti calafrios. Acho que todos que estavam no saguão sentiram esse arrepio e a impotência de saber que aquelas quatro figuras eram nossa única possibilidade de conexão com o mundo exterior. Cruzando o assoalho de pedra, fomos cada um para seu lado, sem mencionar os acontecimentos do dia. Subi até meu quarto para ficar sozinho.

Vou permanecer aqui até o jantar ser servido.

Ontem à noite, depois de fortes pancadas de chuva, soou o alarme. O sistema elétrico de alarmes foi acionado automaticamente pelos intensímetros do teto e dos arredores do edifício. Logo em seguida fomos chamados para os abrigos subterrâneos.

Não houve pânico nem tumulto. Tomamos o tempo necessário para manter uma curta distância entre cada um enquanto descíamos as escadas até o vasto complexo de abrigos e corredores. Durante a descida, a profundidade e a umidade se fizeram sentir em nosso corpo.

Antes de as portas serem aferrolhadas e de nos distribuirmos entre os abrigos, houve um momento de inquietação. Um dos hóspedes dos andares mais baixos se recusou a deixar o hotel, resistindo com braços e pernas a ser levado para os abrigos subterrâneos quando tentaram convencê-lo. O médico foi chamado e lhe aplicou uma injeção de sedativo. Dois guardas o carregaram escada abaixo, instalando-o, em seu estado de sonolência, no leito montado ao lado do meu.

Seu sono foi inquieto, e ele se descobriu diversas vezes durante a noite. Sem ter tomado qualquer decisão consciente, acabei dormindo leve o bastante para conseguir voltar a cobri-lo sempre que necessário.

Ele acordou de manhã cedo, e tentei tranquilizá-lo contando o que havia acontecido. Ele me olhou por muito tempo antes de assentir com a cabeça. Seus olhos estavam cansados.

Depois de olhar ao redor, ele começou a falar sobre seu pavor de abrigos subterrâneos, de espaços escuros e blindados, e do cheiro de gente que se intensificava a cada hora, de suas roupas e peles. Ele ergueu a cabeça e fez um débil gesto com a mão, indicando as pessoas dormindo nos leitos. Dei um leve aceno para mostrar que o compreendia, e ele tornou a deitar a cabeça na manta.

Ele falou dos seis dias que passamos nos abrigos subterrâneos após a catástrofe. Para reduzir seus pensamentos e seu ritmo corporal a um nível mínimo, ele havia passado os dias finais deitado na cama de campanha em um dos quartos, sem se mexer, sufocando, à força, sua capacidade de ver e ouvir, enquanto lutava contra uma crescente sensação de náusea e vertigem. No entanto, o médico o tranquilizara de que não eram sintomas da doença da radiação.

Perguntei o que o médico achava que era.

— Claustrofobia — respondeu ele.

— Naturalmente, o senhor pode também ter sofrido de claustrofobia — falei. — Mas não acho necessário encontrar muita explicação para seus sintomas. Acredito que seja mais importante explicar por que o resto de nós ainda consegue não apresentar sintoma algum.

— Ah, o senhor está se referindo à doença da radiação — disse ele.

— Não, estou me referindo a tudo que passamos ultimamente. Ou melhor, ao que fomos poupados de vivenciar, mas que sabemos ter acontecido.

— Sinto a mesma coisa quando estamos lá em cima, no hotel — confessou ele, de repente.

— Ou talvez me sinta melhor, mas é pior à noite. É como se uma lâmpada incandescente estivesse circulando pelo meu corpo, subindo pelo peito, descendo pelo abdômen, entrando na cabeça e no pescoço. Ela me impede de dormir, porque o tempo todo uma parte do corpo está sensível e iluminada, e incapaz de descansar. Não é porque fico pensando no que aconteceu; não fico imaginando os cadáveres, as casas desmoronadas ou os sobreviventes com queimaduras no corpo. Mas algo mudou nas últimas semanas, talvez dentro de mim mesmo.

— Como o médico explica isso? — perguntei.

— Ele diz que é insônia.

Logo antes de sermos chamados, saí para o corredor. Encontrei Maria fumando encostada à parede de concreto.

Já passamos o dia inteiro nos abrigos subterrâneos, e a chuva continua. Está altamente contaminada, portanto os guardas verificam os intensímetros a intervalos regulares.

Maria e eu nos revezamos nos recostando um no outro para descansar, quase sem trocar palavra. As pessoas exaustas por todo lado, as vozes sussurradas e os rostos inexpressivos nos deixam em um estado de torpor. Estamos nos abrigos não porque a Terra é um inferno de fogo, mas porque está chovendo, e a chuva faz alguns instrumentos acionarem o sistema de alarmes.

Com frequência, alguém na sala se levanta para ir ao banheiro. O banheiro é o único lugar onde podemos nos proteger dos outros. A ventilação é ruim, e há umidade nas paredes rústicas, mas, por um breve momento, o silêncio é total; não enfrentamos os olhares dos demais e, portanto, não precisamos pensar em nós mesmos.

Hoje de manhã fomos chamados de volta ao hotel e a nossos quartos.

A chuva tinha parado durante a noite e o serviço de segurança havia purificado os edifícios logo de manhã. O vento estava acalmando e a umidade mantinha a poeira baixa, do lado de fora.

Novamente, os guardas escavam a terra, lavam os cactos e os arbustos com jatos de água e conferem a intensidade da radiação com seus contadores Geiger. Pelos movimentos deles nos grossos trajes, é impossível adivinhar os resultados. Somente depois de eles conferenciarem com a administração é que recebemos a informação sobre as leituras.

Pelo sistema de alto-falantes, ficamos sabendo da primeira radiocomunicação com a patrulha de reconhecimento. De acordo com o resumo curto e abreviado, o grupo não encontrou sobreviventes nos vilarejos, onde somente perambulavam galinhas e cães vítimas da radiação. O relator usou a expressão "verdadeiros sobreviventes", que me parece ao mesmo tempo descuidada e intragável. Imagino que esteja se referindo a sobreviventes que conseguiram durar mais do que alguns dias.

A intensidade da radiação está muito elevada por toda parte e, quase sem exceção, fica cada vez mais alta conforme a patrulha se distancia da costa.

Enquanto escrevo e a noite avança, abafo os últimos ruídos dos quartos e banheiros dos vizinhos com a música dos alto-falantes.

Com frequência, há longas pausas entre o fim de uma peça musical e o anúncio da seguinte. Paro de escrever e aguardo a voz, uma voz masculina, leve e um pouco cansada, mas muito nítida. Não sei se se trata de uma pessoa hospedada aqui no hotel ou se a voz existe somente em uma fita que talvez tenha sido gravada na época em que o Termush funcionava como resort de férias.

Porém, nas pausas escuto uma respiração calma, ampliada pelo alto-falante e, portanto, bem nítida na minha mesa, uma respiração contínua e tranquila que a essa altura já me é mais familiar do que qualquer pessoa no Termush. Consigo captar quatro ou cinco exalações antes de a voz se manifestar de novo.

Enquanto escuto, tento imaginar seu rosto e suas mãos, mas não consigo me decidir. A voz curiosamente franca nunca dá dicas sobre o homem a que pertence. Mas a presença quase física da respiração permanece música adentro.

Quero registrar um sonho que tive duas noites antes.

Do lado de fora do hotel, há uma fileira de guardas mantendo tudo em ordem e fazendo a limpeza. Eles andam lentamente pela praia, juntando peixes mortos em pilhas. Com movimentos calmos, eles os empilham, cuidando de manter os peixes cinza separados dos rosa-claros. Mas toda vez que acabam de limpar a areia, novos cardumes chegam boiando.

Acima da praia, nos jardins, há outros guardas. Com varas compridas e pontiagudas, recolhem pássaros caídos, estorninhos, melros, pardais, cujas penas estão todas grudadas. O último grupo de soldados poda flores, arbustos e os grandes cactos com enormes tesouras de jardinagem. Tendo crescido descontroladamente, as plantas estão se ramificando desenfreadas para todos os lados em formatos atrofiados, mas cada broto disforme é cortado com precisão.

De repente, todos esses guardas se viram para mim, e vejo que eles não têm rostos. Apenas uma forma oval fosca e lisa, sem irregularidades ou feições.

No entanto, ao mesmo tempo descubro que o único guarda dentro do hotel tem um rosto completo. Ele está no saguão, seguindo os outros com os olhos. Sem saber como, tenho certeza de que é ele o dono da voz familiar. Ele não fala nem se vira para mim, só permanece de perfil. Em vão, fico tentando fazer contato, quando de repente acordo.

8

Durante o almoço, houve um incidente chocante.

A administração e os hóspedes já ocupavam seus lugares no refeitório, e eu estava sentado com Maria, como tenho feito nos últimos dias. Não havia ninguém no jardim nem no saguão.

A comida tinha acabado de ser servida quando as portas duplas foram abertas de supetão e um homem com uma expressão enlouquecida entrou correndo por entre as mesas. Antes que alguém pulasse para segurá-lo, ele desabou, tossindo e expelindo um líquido fino e escuro no chão à sua frente.

Ficamos paralisados, meio curvados para a frente nas cadeiras afastadas das mesas, ou já avançando por entre as pessoas ao redor. Naquele momento, todos se lembraram das orientações e alertas contra qualquer contato. A reação, meio curiosidade e meio um desejo de ajudar, foi interrompida num instante: fez-se silêncio total no refeitório.

Um dos médicos avançou em direção ao recém-chegado. Enquanto se movia, vestiu um par de luvas escuras e finas de borracha. Ao chegar perto do doente, ele o segurou com firmeza pelos ombros, procurando evitar que o resto do corpo entrasse em contato com suas roupas. De braços esticados, ele o carregou em direção às portas, mantidas abertas por dois seguranças. Eles desapareceram de vista, a caminho da enfermaria.

Assim que as portas se fecharam, todos se deslocaram lentamente, como que por um impulso coletivo, até o canto mais distante do refeitório, longe da entrada, que só poderia ser alcançada passando pelos vestígios deixados pelo forasteiro. Talvez tenhamos pensado que fossem uma ameaça à nossa vida. Para manter o grupo reunido e aliviar o silêncio constrangedor e inquieto, todos começaram a observar com intensa curiosidade um dos guardas, que, após vestir luvas e um jaleco, limpou e secou o chão e, quase como uma exibição, verificou-o com o contador Geiger.

Uma das três crianças, que mal costumamos ouvir quando estamos reunidos, começou a chorar, recusando as mãos estendidas da mãe, que tentavam tocá-la.

Ninguém parecia inclinado a provar a comida nos pratos, talvez por medo de contaminação, mas também porque a experiência nos havia tirado o apetite. Alguns pegaram uma fatia de pão e saíram para o saguão ou para o salão comunal, onde ficamos calados ou começamos a vagar de um lado para outro em frente às janelas. Busquei uma poltrona para Maria e me sentei no apoio de braço. Senti o ombro dela contra a lateral do meu corpo. Não trocamos uma palavra.

Mais tarde, o médico entrou no salão e nos contou que o forasteiro fora examinado e que sua roupa havia sido incinerada para livrá-lo de qualquer fonte de radiação imediata. Seu estado debilitado se devia principalmente ao fato de que estava sem comer havia mais de uma semana. Mas ainda era muito cedo para fazer um diagnóstico. Ele poderia estar fatalmente acometido pela doença da radiação, embora parecesse saudável.

Quando o médico estava prestes a sair do cômodo, perguntaram:

— Quantos dos doentes podem chegar ao Termush, doutor?

Não consegui distinguir a pessoa que fez a pergunta nem perceber de que grupo fazia parte. Vi o médico interromper seu avanço em direção à porta.

As diversas camadas da pergunta ficaram evidentes. Preocupação para com os feridos, reflexões sobre suas possibilidades de sobrevivência... e então, mais intensamente: o medo primitivo de que o Termush fosse infestado pelos doentes.

— O homem nos contou que ele é o único dos sobreviventes de seu vilarejo em condições de caminhar até o Termush — respondeu o médico.

— Então é de conhecimento geral que este lugar... — começou outra voz.

— Acho que é melhor cuidarmos dos feridos — interrompeu o médico.

Ele se virou e saiu depressa do salão, e os hóspedes foram se retirando.

Eu enxergava os detalhes da decoração do salão com intensa vividez: as poltronas de couro com os primeiros sinais de desbotamento, as litografias de antigos castelos e paisagens montanhosas atrás de seus vidros cintilantes, a ornamentação pesada do teto e o papel de parede vermelho-escuro que imitava uma tapeçaria, os pequenos tapetes sob as mesas de fumar e a grande mesa para jogos de cartas e discussões.

Subindo as escadas com Maria, notei o mosaico no piso de cerâmica do saguão, onde luz e sombra formavam dois planos na superfície; a ranhura do corrimão corria como um pequeno abismo sob a mão; e a passadeira dos degraus da escada farfalhava ruidosamente sob minhas solas. No corredor, fiquei consternado com o número enervante de portas uniformes, os grandes vasos com suas bocas abertas e sem flores e a passadeira raiada de azul, que parece se erguer na vertical pelo extenso corredor. Aqui também há quadros nas paredes, mas com outro tema: fotografias de hotéis à beira-mar, situados em diversos países e diversas paisagens, seu denominador comum sendo os edifícios grandes, escuros, um tanto antiquados, e os terrenos intermináveis de frente para o Oceano Atlântico.

9

Esta manhã, a administração mais uma vez usou o sistema de alto-falantes para transmitir as mensagens de rádio da patrulha de reconhecimento. Claramente estão querendo evitar as perguntas feitas após a reunião no salão.

A patrulha havia chegado à primeira das grandes cidades. Somente nos subúrbios encontraram sobreviventes. A maioria estava tão padecida por queimaduras ou radiação que desistiram de tratá-los. As tropas de socorro no local consistiam em uma dúzia de homens, mas entre eles vários também estavam feridos. Já havia falta de analgésicos e outros medicamentos.

Os membros da patrulha tinham desistido de seguir a rota planejada, pois a intensidade da radiação era tão grande que parecia impensável encontrar sobreviventes. Permaneceriam mais alguns dias na mesma cidade para continuar o trabalho de socorro, depois seguiriam as fronteiras irregulares das áreas atingidas pela radiação.

A patrulha pedia que a administração transmitisse suas saudações aos hóspedes do Termush.

Depois do almoço, o forasteiro que invadiu o hotel ontem veio circular, por assim dizer, pelo salão. Ele tinha se recuperado a ponto de poder comer com os outros à mesa, e respondeu em voz baixa, mas de boa vontade, a todas as perguntas. Durante a refeição, ele se levantou repentina e cerimoniosamente, e agradeceu aos hóspedes e à administração do hotel por possibilitarem sua sobrevivência. De emoção ou fraqueza, ele voltou a se sentar pesadamente e teve que cuspir um pouco da comida de volta no prato. No entanto, nenhum dos hóspedes o levou a mal; o homem havia expressado sua gratidão por ainda estar vivo. As pessoas mais próximas o ampararam e um dos garçons limpou a bagunça sem usar luvas de borracha. Assentindo e sorrindo para todos, o homem depois conseguiu comer a sobremesa.

No salão, enquanto tomávamos café e a administração servia conhaque em homenagem ao nosso visitante, o forasteiro respondeu a mais perguntas. As questões vieram de todos os lados, desordenadamente, uma em cima da outra, até que o homem que antes havia desempenhado o papel de porta-voz da administração assumiu a função de moderador.

O forasteiro, a quem o médico havia proibido de beber café e conhaque, preservou seu sorriso cansado enquanto os hóspedes o interrogavam sobre o que havia pensado a caminho do Termush, se tinha se preocupado com a recepção e se as boas condições do hotel o haviam surpreendido.

Ele respondeu brevemente e com voz débil que não havia pensado no Termush enquanto fugia, que tivera apenas um pressentimento a respeito de qual direção seguir. Não havia refletido sobre a recepção, porque qualquer recepção seria melhor do que a situação da qual escapara. Só agora ele tinha se recuperado o suficiente para entender como tinha sido bem recebido e como as condições no hotel eram boas.

Quando ele se recostou na poltrona por um instante, cansado, o médico logo se levantou e ordenou que fosse para a cama, mas o moderador pôs uma mão no braço do médico e disse:

— Um momento, doutor. Vamos ver se há mais alguém que queira fazer uma pergunta ao nosso visitante. Parece que não — declarou o moderador, que se ergueu. — Então eu mesmo tenho apenas uma para concluir. Nosso visitante pensa que o Termush é comumente conhecido como um centro de sobrevivência? De modo que as pessoas nos vilarejos e nas cidades mais próximas já teriam ouvido falar do lugar?

O doente assentiu.

— Acho que todo mundo já ouviu falar — respondeu ele calmamente.

— Era só isso — disse o moderador, fazendo um gesto amplo com as mãos. — Então desejamos as boas-vindas ao nosso visitante. É um prazer poder nos colocar à disposição.

— Muito obrigado — falou o forasteiro, tentando se levantar da poltrona.

O médico afastou as mãos do moderador do braço do doente e saiu com seu paciente para o saguão.

Houve um breve momento de silêncio antes de alguns hóspedes, aparentemente por acaso, se reunirem em torno do moderador. Trocaram alguns comentários sussurrados. O moderador e um homem corpulento de cabelos escuros assentiam em silêncio enquanto as outras vozes se manifestavam. Em seguida, o moderador ergueu a cabeça e disse em voz alta:

— Acho que vamos subir para o meu quarto.

Cerca de metade dos hóspedes no salão aceitou o convite. O restante permaneceu sentado ou em pé junto das paredes, como havia feito durante o interrogatório. Eu mesmo fiquei sentado, sem me mexer e sem chegar a qualquer conclusão. Limitei-me a tocar o ombro de Maria em sinal de boa-noite antes de me retirar para meu quarto.

10

Esperávamos encontrar um mundo completamente aniquilado. Foi para nos protegermos disso que nos inscrevemos no Termush.

Ninguém pensou em se precaver contra os sobreviventes e suas cobranças sobre nós. Pagamos para continuar vivos, da mesma forma que antes pagávamos um plano de saúde; compramos a mercadoria chamada sobrevivência e, de acordo com todos os contratos existentes, ninguém nos pode tirá-la nem a reivindicar.

E de repente aparecem estranhos que esperam fazer parte da nossa proteção. Não queremos agir de forma cínica, mas o Termush vai parar de funcionar no momento em que as portas se abrirem como as de um hospital. Concordamos que água, remédios e outros artigos indispensáveis à vida devem ser compartilhadas com alguns poucos forasteiros, mas precisamos instituir um padrão, adotar um regulamento. Uma dúzia dos forasteiros pode pernoitar nos abrigos subterrâneos sob a condição de que os desocupe quando os hóspedes precisarem deles.

Desde já precisamos ser precavidos; o primeiro visitante não será o único.

Sentimentalidade ou hesitação não ajudarão os de fora, somente impedirão os residentes do Termush de sobreviver.

Depois do almoço, o moderador e dois de seus companheiros circularam com listas, coletando assinaturas. Foram de mesa em mesa, usando argumentos orais ou escritos, dependendo do temperamento da vítima. Queriam demonstrar à administração o ponto de vista dos hóspedes.

Muitos de nós não assinamos o abaixo-assinado, mas ele nos pegou desprevenidos.

Quando foi feita a contagem, ficou claro que mais da metade dos residentes do Termush havia assinado.

Fomos interrompidos por um barulho repentino vindo do saguão. Quando as portas se abriram, vimos dois guardas em seus trajes brancos, que, por motivos de segurança, eles devem retirar antes de entrar no edifício. Eles carregavam uma idosa que choramingava em voz alta e cuja cabeça se erguia e tombava sem parar. Atrás dela vinha um casal mais jovem. A mulher segurava uma criança semiereta nos braços e o homem a seguia com uma mão em seu ombro e o rosto voltado para o chão.

Ninguém pôde se esquivar da visão perturbadora. A resolução cínica do moderador sobre rejeitar forasteiros de repente estava cara a cara com aquelas pessoas. Logo os guardas desapareceram na enfermaria com os quatro feridos. Por muito tempo, ouvimos os gemidos da senhora e o choro baixo da criança.

No final da tarde, procurei o médico responsável pelo tratamento dos forasteiros. Ele havia concluído seus exames, mas achava que a idosa não sobreviveria à noite. A criança também estava sofrendo com os efeitos da radiação, com grande parte da pele coberta de queimaduras.

Contei a ele sobre o abaixo-assinado feito no refeitório. Ele já esperava uma lista de assinaturas, mas não imaginara que seriam tantas. Pensara que o moderador e seu grupo constituíssem, em suas palavras, uma minoria natural de oportunistas.

Observei que essa era uma avaliação otimista de sua parte. Ele encolheu os ombros, respondendo com ironia que a democracia é baseada em votações e, portanto, não depositava sua fé nela.

— Eu certamente tenho fé na democracia, mas não acredito que essa votação possa ser considerada democrática sem mais nem menos. Os eleitores sabiam muito pouco sobre as alternativas — respondi.

— Estão sempre muito mal-informados — disse o médico.

— É possível que o senhor tenha razão — admiti. — Mas a democracia reside sobre certos princípios de liberdade, que muitas vezes são mais importantes do que demonstrações de liberdade. A referida votação foi uma simples demonstração de liberdade, mas era contrária ao princípio da liberdade, pois restringia o livre acesso dos feridos a receber socorro, a liberdade deles. Portanto, não chamaria a votação de democrática.

— Entendo os argumentos do senhor, mas duvido que tenham alguma utilidade.

— Apenas considerava importante entender a posição do doutor. Aos olhos da administração, sua opinião importa.

— Não interfiro nas decisões da administração — disse o médico —, mas naturalmente saberão minha opinião, se me perguntarem. Veja bem, sou um funcionário daqui, como os cozinheiros e os guardas, e muito bem remunerado.

Minha confiança no médico não é ilimitada. Assim como o resto do pessoal do hotel, ele se preocupa mais com sua função: foi contratado como médico-chefe do hotel, enquanto o resto de nós ocupa a posição de hóspedes e, portanto, pode discutir dentro dos limites estabelecidos para clientes pagantes. Dessa forma, cumprimos nossos papéis para que o mundo pareça como antes: nossos deveres não se estendem além de nossos direitos.

Eu me oponho a esse ponto de vista e estou convencido de que há outros no hotel que concordam comigo. Por enquanto, apenas o moderador se pôs em movimento, mas a distância entre seus argumentos e suas ações é curta e desimpedida de escrúpulos ou dúvidas. Acredito que o médico e eu estaremos de acordo quando não se tratar apenas de uma discussão acadêmica e caduca entre lados opostos de uma sala.

11

A administração nos respondeu.

A administração nos assegurou que em hipótese alguma utilizará o estoque de alimentos reservados aos hóspedes. Compreendem perfeitamente os sentimentos dos hóspedes em relação aos feridos. É natural que queiram ajudá-los, mas é igualmente natural que não queiram que os forasteiros inundem o local. De acordo com a administração, todos podem concordar em acolher um número razoável de necessitados, desde que os bens de direito dos hóspedes permaneçam intactos. A administração entende que a visão perturbadora de feridos e necessitados deve ser desgastante para os hóspedes. Já tomaram providências para evitar isso. Um dos guardas foi encarregado de inspecionar regularmente os arredores, o perímetro do terreno e a via de acesso. Se aparecerem outros forasteiros precisando de ajuda, uma das portas de tela da ala lateral servirá de entrada no futuro.

No salão, argumentei contra a resolução de ontem. Minha intervenção contou com o apoio de Maria e de alguns outros hóspedes.

O moderador se levantou de um salto, usando suas habilidades retóricas para apontar minha falta de senso de realidade.

— Ninguém quer ajudar mais do que eu — declarou ele. — Mas, ao mesmo tempo, reconheço o perigo de um desastre. Há poucos dias, ficamos sabendo que a patrulha de reconhecimento havia se instalado em uma cidade desconhecida para ajudar nos trabalhos de remoção de destroços. Também vejo isso como um risco. Depositamos toda nossa confiança nesse grupo e, se eles não estiverem exclusivamente a nosso serviço, a quem recorreremos? Como preservaremos nossas chances de sobrevivência?

Por um instante, houve agitação na área onde estavam sentados os membros da administração. As pessoas se inclinaram umas para as outras, gesticulando ou sacudindo a cabeça.

Então um deles se levantou para falar, apoiado pelos outros.

— Segundo os últimos relatos, a patrulha de reconhecimento continua na cidade necessitada. No entanto, colheram informações que podem colocá-los na pista de outros sobreviventes ou de lugares do país que tenham sido tão pouco afetados por precipitação radioativa ou pela destruição direta que continuem habitáveis. A administração compreende a impaciência dos hóspedes, mas apela para sua fé na disposição cooperativa da patrulha de reconhecimento e para sua confiança na administração em si.

Ninguém pediu a palavra após a resposta da administração. A total falta de consideração do moderador pareceu fechar a boca de seus adversários. No entanto, sua potente grosseria, a primitividade da mistura de sua astúcia e de sua insensibilidade, atrai o apoio de seus seguidores.

Fico contente em imaginar a figura do moderador como um rechonchudo auriga romano, roliço e encurvado em sua carruagem, com as rédeas dos muitos cavalos na mão esquerda e o chicote na direita, focado apenas em deixar as outras carruagens para trás.

Logo antes de entrarmos no refeitório para almoçar, a administração nos convidou para um passeio de iate no dia seguinte, se o tempo permitisse.

Houve um breve murmúrio de surpresa e gratidão, como numa turma de escola. Todos acenaram e sorriram para os assentos da administração, e em seguida o garçom anunciou o almoço.

No fundo do refeitório, perto da porta da cozinha, havia uma mesa menor, posta para os três forasteiros. O homem que chegou primeiro e o jovem casal estavam todos em condições de comer. Assim como ontem, o jovem seguiu a mulher com a mão em seu ombro enquanto entravam no salão. Os três ficaram calados e lhes foi servida uma comida claramente diferente da nossa. As novas regras já entraram em vigor.

Devido aos acontecimentos dos últimos dias, mal andei pensando em mim como indivíduo. Não passei muito tempo em meu quarto, pois não desejava demarcar o limite entre o hotel e minha própria pessoa.

Após o almoço, senti uma exaustão tremenda. Dormi algumas horas na cama, depois me levantei, já que Maria veio me visitar trazendo chá para nós dois. Conversamos sobre o que aconteceu. Ela pensa que a oposição ao moderador vai aumentar nos próximos dias.

Maria desceu para o refeitório, enquanto pedi que me servissem o jantar no quarto. Na penumbra, as papoulas de Monet luziam importunamente em seus gramados.

A partir do meu ângulo, o espelho refletia parte do prato e minha mão esquerda estendida sobre o guardanapo. Fui tomado por um acesso repentino de calafrios. Seriam causados por minhas dúvidas e escrúpulos em relação aos acontecimentos no Termush ou só por um cansaço banal? Do lado de fora, começou a ventar, um ruído contínuo e abafado vindo da praia além do pátio e das árvores distantes. Não haverá excursão no iate amanhã, mas a administração demonstrou sua boa vontade.

Se o vento aumentar, não é impossível que os intensímetros acionem o alarme. No momento, não sei até que ponto a poeira é perigosa, nem em que quantidade está chegando ao hotel.

Escuto a música do alto-falante e a voz que, apesar do anonimato, se dirige mais diretamente a mim do que aos oradores no salão. É como se essa voz fosse completamente autônoma, como se não se referisse a nada além de si mesma, diferentemente de todas as outras vozes no Termush. Esta noite, percebi uma tosse fraca e reprimida entre os anúncios. Tomo isso como um sinal certo de que a voz se encontra aqui no hotel; uma gravação de rádio teria eliminado tais irregularidades.

Durante o jantar, os corredores ficam em silêncio total. Desliguei o alto-falante e abri minha porta; não dava para ouvir nem o ruído distante do refeitório. De repente, encontro-me na pausa entre duas respirações, no espaço de tempo que leva para estender a mão a outra pessoa, no segundo em que o coração acaba de bater e se prepara para a batida seguinte. Fico esperando, sem ter nada pelo que esperar. Será que estou a bordo de um navio no oceano, numa casa em um jardim, numa cidade em um país? Será que nada mudou? Será que tudo pode ser apagado, como um sonho se apaga da consciência pela manhã?

Dou meia-volta e entro no meu quarto para esperar por Maria.

12

Nas altas horas da noite, o alarme disparou.

Não estava chovendo, mas o vento trazia a poeira das terras contaminadas dos arredores, e o limite máximo foi ultrapassado. O ruído contínuo, quase corpóreo, do alarme não durou muito antes de as portas serem abertas, e os hóspedes, de sobretudo por cima das roupas de dormir ou semivestidos com os sapatos na mão, se posicionarem um tanto atropeladamente em fila rumo à escada.

É antes o som angustiante do que o alerta em si que espalha as primeiras ondas de pânico. Talvez seja também o fato de o alarme ter soado à noite e de que acordar no susto deixa a todos indefesos, muito inclinados a imaginar situações horripilantes.

Porém, não há necessidade de tumulto só porque o alarme disparou. O limite de intensidade de radiação definido como máximo é um ponto escolhido de forma arbitrária. Uma longa exposição a uma radiação ligeiramente abaixo do nível permitido pelos intensímetros poderia causar danos mais graves do que uma radiação acima do limite durante um curto período. No hotel, a leitura dos intensímetros é feita regularmente e, de acordo com os preceitos da administração, devemos nos sentir seguros, mas quem decide todas as nuances do balanço, todas as pequenas unidades que se acumulam no corpo? Não é necessário se apressar em função do alarme, pois não é ele que assinala a catástrofe.

Não comento essas coisas para demonstrar minha oposição à administração, que faz de tudo para nos tranquilizar com seus sistemas de alarme e seguranças. A administração apenas se aproveita da nossa necessidade de sistemas infalíveis: aqui é a terra, ali é o mar, não há dúvida. Até essa fronteira, não há perigo; do outro lado, a morte certa nos aguarda. Por isso, o alarme soa, e por isso os hóspedes fogem dos quartos com a roupa esvoaçando. A ilusão de que estamos em segurança absoluta enquanto o limite não for atingido pressupõe o pânico completo quando o limite é ultrapassado. É mais fácil escolher esses contornos nítidos do que a incerteza inerente a cada momento; uma mudança tão pequena que, por si só, nunca é catastrófica, mas somente pode contribuir para a catástrofe.

A distribuição nos abrigos subterrâneos foi caracterizada por confusão e cansaço. As camas de campanha foram montadas e todos se deitaram para dormir um pouco antes do amanhecer. Até me pareceu que passei o resto da noite em claro, mas de manhãzinha devo ter pegado no sono, pois acordei com o barulho das camas sendo desmontadas, nauseado e sentindo meu corpo pesado.

Em seguida, desligaram o alarme, e lentamente subimos as escadas.

Acho que ficar nos abrigos subterrâneos nos desgasta mais do que qualquer outra coisa. Vejo um desamparo e um desespero nos rostos à espera, como se essas horas ameaçassem eliminar todas as suas feições originais. Os retratos impassíveis que construímos quando estamos acima do solo se apagam num instante ao descermos as escadas.

A vida nos quartos pode ser confundida com a vida protegida e inequívoca de antes da catástrofe. A vida nos quartos foi projetada para iludir.

A ilusão seria mais perfeita se as autoridades do Termush tivessem construído uma nova terra por baixo das terras contaminadas. Em vez dos abrigos, poderiam ter construído casas e ruas, árvores e jardins. Lâmpadas infravermelhas cuidariam do calor, o ar seria bombeado para baixo por filtros, e a água subiria por uma estação de tratamento. Cada um teria a própria casa. O jantar seria servido em um restaurante grande e iluminado; o almoço, em um jardim com mesinhas e pontes rococó sobre o curso fluvial interno.

Toda manhã, o garçom entraria pelo portão do jardim com o café, e os comunicados da administração seriam transmitidos em forma de jornal local. A próxima geração nem saberia que o mundo alguma vez havia sido diferente.

Não, a existência de uma próxima geração teria que ser impedida por meio da esterilização. O sistema funcionaria apenas enquanto a mão de obra paga e as reservas subterrâneas de enlatados, ambas originárias do mundo velho e imprestável, não se esgotassem. Não seria possível contar com uma próxima geração.

Podemos discutir e tomar as devidas providências sobre os forasteiros, os feridos e os membros errantes da patrulha de reconhecimento. Eles penetram em nossa consciência, mas não a modificam. Realizamos reuniões, como sempre fizemos em associações políticas e clubes de debate. Pesamos os prós e os contras e tiramos conclusões. Parece um jogo organizado de forma bastante primitiva.

Nos abrigos subterrâneos, não podemos desempenhar nenhum papel. Ali ficamos sentados como se tivéssemos sido roubados. Quando o alarme para e subimos as escadas nos arrastando, nossa contagem de glóbulos vermelhos já está mais baixa. Somente depois de estarmos de volta aos quartos é que reerguemos a cabeça.

Eu sabia que Maria estava sentada a sua mesa, esperando por mim, mas não tive forças para me levantar da cama. Meu pescoço e ombros estavam travados de dor quando, a contragosto, tive que me arrumar a fim de descer para o jantar.

13

A administração nos informou que um dos hóspedes fugiu do Termush.

Ontem correu um boato ao qual não dei ouvidos. Ninguém conhecia o desertor nem sabia quando a fuga tinha ocorrido. Atribuí a história à falsa euforia após nossa volta dos abrigos subterrâneos, à agitação nervosa que se cristaliza em anedotas exageradas. O boato era contado com um entusiasmo estranho. Mais parecia uma notícia estimulante do que um acontecimento trágico.

O fugitivo é o homem com quem conversei certa noite nos abrigos subterrâneos. Só agora me lembro de que seu rosto estava ausente quando estávamos todos sentados lado a lado nas cadeiras ou nos bancos, de manhã cedo.

Ele fugiu logo depois de o alarme disparar. Nos últimos dias, havia juntado alimentos, sabendo que não aceitaria descer aos abrigos subterrâneos outra vez.

Sua carta de despedida descreve em pormenores como vestiu vários sobretudos e um par de botas resistentes para proteger o corpo. De acordo com seus cálculos, teria comida suficiente para oito ou dez dias. Não sei se escreveu a carta para tranquilizar os hóspedes do Termush ou para se convencer de que a fuga era viável.

Ele pode ter dito mais coisas na carta, talvez sobre as condições no Termush, só que a administração não deseja repassá-las. Segundo o relato, ele chama sua ansiedade de claustrofobia, mas tenho convicção de que emprega esse termo num sentido muito mais amplo do que o habitual.

Sem falar nada, talvez sem estar consciente disso, ele reagiu a este enclave, este recinto isolado do mundo. Não quis ou não foi capaz de retomar como se nada tivesse acontecido o jogo de faz de conta interrompido. Sentiu-se preso pelas restrições do lugar, pela rotina dos dias, pelas reuniões cheias de briguinhas e o medo inconfesso, que, durante nossas estadas nos abrigos subterrâneos, vem à tona, e o qual camuflamos com vergonha.

É este o significado da palavra "claustrofobia" que se aplica a ele, ou melhor, a que seu corpo reage.

A idosa que chegou ao hotel alguns dias antes morreu esta noite. O estado da criança está se deteriorando; é difícil conter as infecções, e o sangue perdeu a capacidade de coagular. O médico e os enfermeiros não conseguem se comunicar direito com os pais. O pai ficou cego numa das explosões e nem ele nem a mulher mostram qualquer sinal de interesse quando tentam contactá-los, mantendo-se grudados um no outro, apáticos e assustados.

Sem que os hóspedes tenham sido avisados, mais pessoas feridas chegaram ao Termush. Uma delas morreu pouco tempo depois devido a suas lesões, mas o médico acha que as outras duas sobreviverão.

Os forasteiros permanecem na enfermaria, nada nos é dito sobre seu estado. Os três que estão bem não aparecem mais no refeitório; sua mesa sumiu, sem qualquer explicação por parte da administração.

Pus-me a perambular pelo saguão, passando para o pátio e pelas trilhas que margeiam as paredes do edifício. Era minha intenção encontrar o médico ou tentar ficar atento para ver se ouvia os forasteiros na enfermaria. Não sabia ao certo meu objetivo, mas senti uma crescente confusão enquanto caminhava. Era fim de tarde e a umidade vinda do mar já me fazia sentir frio. Não encontrei ninguém no pátio nem no saguão, mas não estava com vontade de subir para meu quarto.

Depois de tentar olhar pela vidraça fosca da enfermaria, me virei e dei de cara com o moderador atrás de mim. Ele olhou impassível para meu rosto. Não consegui lhe responder nem explicar para mim mesmo porque me senti paralisado.

14

Sempre me interessei pelo mundo ao meu redor, mas desejei tirar minhas conclusões a seu respeito em paz. Já ressaltei o direito de observar e fazer reflexões sem ser obrigado a interferir. A interferência podia impedir a livre observação; significava já não estar livre de preconceitos nem aberto a todos os pontos de vista.

Meu cargo na universidade me ensinou a dar preferência a esse método. É uma base científica para a observação e, portanto, fácil de usar como modelo para o resto da existência. Antes de tudo, eu queria me manter livre de simplificações, e qualquer ação parecia uma simplificação.

Nos últimos dias, vejo a base de minhas ideias se transformar. Para minha própria surpresa, de repente quero interferir; não observar, mas sim tentar mudar o enredo. Quero procurar o médico, quero criar um conselho, uma assembleia de interessados que possam se pronunciar sobre os acontecimentos. Impediremos que o moderador seja a única força motora no Termush.

Estou sentado à mesa fazendo essas anotações. Por um instante, a tensão me deixa cansado e um pouco tonto. A simples ideia de agir afeta meu corpo como uma forte corrente de ar ou uma queda da pressão atmosférica. Sei que não sou jovem e que minha pouca força de vontade se manifesta como um enfraquecimento dos músculos do corpo.

Encontrei um pequeno rádio a pilha.

Deitado na cama, segurando a caixinha estreita e branca, sinto-me animado, quase rebelde.

O sentimento me entretém por um instante, mas não quero ser distraído de minhas reflexões sobre o que está acontecendo no Termush.

De repente, o rosto de Maria se junta à imagem. Eu a vejo rindo, embora não consiga me lembrar de ela alguma vez ter dado risada. Ela está rindo e virando a cabeça, suas pernas esbeltas avançando por uma praia, de costas para mim. Seu sobretudo balança levemente, e ela tem alguma coisa na mão à medida que se distancia cada vez mais de onde estou. O sol cintila na superfície do mar e a luz atua como um ácido instável em seus contornos, ameaçando apagá-los. No entanto, ela passa pelo campo luminoso e continua pela praia, muito pequena, nitidamente delineada, tão distante que já não consigo distinguir a cor de seus cabelos nem ver se ela de repente se vira para mim. Então a praia faz uma curva.

Quero relembrar suas feições depois de ela desaparecer de vista, mas a imagem se torna embaçada e imperfeita, e não consigo colocá-la em foco. O rosto não tem mais qualquer expressão. Ela não ri e seus olhos não possuem intensidade. Seu rosto está morto.

Na cama, ligo o rádio e giro lentamente o sintonizador. O zumbido baixo e constante se intensifica em alguns pontos da escala, mas não há vestígio de estações transmissoras. Fico muito tempo deitado ouvindo o chiado intangível, mudando a frequência, movendo o sintonizador e prestando atenção novamente. É como contemplar uma casa enorme e familiar que foi evacuada e esvaziada. Reconheço os caixilhos, os portões e as portas laterais, a ornamentação simples da alvenaria, os agueiros e as calhas. Mas as janelas estão sem vidraça e, atrás delas, um vazio se abre. Os portões e as portas estão escancarados, mas os cômodos foram esvaziados e os pisos e divisórias, desmontados. A fachada pende como um papel fino, só que a mobília se foi, e a treliça não tem plantas.

Depois de desligar o rádio, fui para o quarto de Maria.

Eu havia comprado uma garrafa de vinho, que dividimos em seus aposentos depois do jantar.

Contei-lhe que algumas horas antes ela havia caminhado por uma praia, de costas para mim, mas que eu a observara com uma sensação de felicidade, como se ela o tempo todo estivesse se aproximando cada vez mais.

Ela me encarou, sorrindo levemente. Não estava surpresa.

Eu me aproximei e deixei minha mão pousar em seu pescoço. Ela não se mexeu, mas olhou para mim o tempo todo.

Foi como se ela já soubesse havia mais tempo que eu.

15

Hoje de manhã, a administração convidou os hóspedes para um passeio de barco. O tempo estava calmo e sem sinal de mudança. O barco partiria logo após o café da manhã, e fomos solicitados a seguir as escadas que vão do mirante à praia. Os guardas haviam limpado e lavado a jato as rochas, além de terem cortado fora os cactos e os arbustos mais próximos.

Levantei-me da mesa de café da manhã e fui à enfermaria para falar com o médico. Algumas enfermeiras e seguranças estavam correndo de um lado para outro com instrumentos e lençóis. Nenhum deles soube me dizer o paradeiro do médico.

Enquanto eu estava no saguão, ele veio descendo as escadas.

— Tenho andado ocupado — disse ele logo de cara.

— O senhor está de acordo com o passeio de barco da administração? — perguntei. — Ou será que foi organizado para silenciar a crítica dos hóspedes? Não há proteção no mar, se entrarmos em uma área de baixa pressão atmosférica.

— Sou a favor do passeio de barco da administração — respondeu ele, me olhando diretamente. — O senhor entendeu? Sou totalmente a favor do passeio de barco da administração.

Por um momento, ele ficou parado e pôs uma mão em meu braço.

Eu abri passagem e ele se dirigiu para a enfermaria.

Relatei essa conversa a Maria. Ela assentiu lentamente com a cabeça, considerando a reação do médico uma garantia da inofensividade do passeio. Consenti em me manter calmo, segundo as palavras dela, e acompanhá-la no barco.

Logo antes da partida, um dos guardas deu uma volta pelos corredores chamando os últimos hóspedes. Perguntei se muitos permaneceriam em seus quartos. Ele respondeu que todos que não estavam de licença médica deveriam embarcar.

— O senhor está falando como se a participação não fosse voluntária — comentei.

— Claro que é voluntária — respondeu ele.

O pátio estava inundado pelo sol.

Nossas pernas já se desacostumaram a se movimentar por grandes áreas. Foi trabalhoso seguir o caminho pelos gramados, não porque eu cambaleasse, mas porque meus olhos haviam se acostumado a encontrar paredes, escadas, patamares e portas por todo lado, e, para a vista, os trechos abertos e desconhecidos pareciam abismos.

Os cactos se erguiam tal qual monumentos feitos de vidro, enquanto as árvores e os arbustos estavam mais distantes do que nunca, nos limites dos extensos relvados. Apenas os rochedos se elevavam como antes, despidos de toda vegetação, mas com formas reconhecíveis.

A primeira vez que descemos ao mirante, eu havia oferecido meu braço a Maria. Agora, fui eu quem precisei do seu apoio devido a uma leve tontura. Não falei sobre minha indisposição, pois não quis deixá-la nervosa ou enfatizar a sensação para mim mesmo. Por meio do meu braço direito, recebi o calmo equilíbrio dela e não precisei forçar a vista para seguir as curvas do caminho.

Do outro lado do pátio, abaixo da plataforma do mirante, estava a coleção de esculturas de pedra do hotel. Passamos entre elas seguindo escadas e trilhas estreitas, pois o caminho havia sido projetado especialmente para levar os hóspedes do hotel a cada uma das figuras.

No folheto, a administração havia retratado a coleção de esculturas de pedra como seu ponto de orgulho. Mas somente há poucos dias as obras e seu entorno tinham sido descontaminados pelos guardas, fato este que foi anunciado pelo sistema de alto-falantes com evidente entusiasmo.

Para quem associa o impressionante ao exagerado, essas esculturas eram impressionantes. Gigantescos leões e tigres de pedra deitados sobre patas encolhidas para seguir o formato da rocha. Tinham um formato peculiar, os corpos parecendo grandes blocos sem sutilezas, feitos mais para evocar a sensação de peso e massa do que de força nos músculos e tendões. De cabeças erguidas, os animais olhavam para o mar, ou para o hotel, com grandes olhos arqueados.

No jardim revirado e pisoteado, esses seres pétreos são os únicos sobreviventes. O segurança que nos acompanhava caminhou devagar para nos dar tempo de examiná-los atentamente. Ele mesmo se manteve um pouco afastado, como se temesse roubar a cena dos animais.

O passeio no iate motorizado durou três horas.

Ficamos apinhados em dois pequenos salões ou no deque aberto. Qualquer novo movimento, as cadeiras sendo puxadas, o vinho branco gelado sendo servido, era comentado pelos hóspedes.

A sensação de estar no mar só aparecia devido às longas ondas que faziam o barco subir e descer. As densas fileiras de pessoas impediam que a superfície do mar se tornasse algo mais do que uma ilustração, uma prova de que estávamos fazendo um passeio de barco. Embora fosse nossa primeira vez num espaço fora do Termush, ficamos todos calados, afundados em nós mesmos. Sentimos a semelhança do passeio de barco com uma visita aos abrigos subterrâneos. O convite da administração e seu mimo de vinho branco não foram capazes afugentar nosso torpor. Ficamos sentados de frente um para o outro, encostados um no outro, próximos um do outro, tentando evitar captar os olhares ou reagir ao toque de outra pessoa. Mergulhamos em nós mesmos, nos entregando à proteção de nosso próprio silêncio e da roupa que tínhamos no corpo.

Durante toda a viagem, o litoral de altas falésias permaneceu dentro do campo de visão. Por muito tempo, o Termush cintilou, branco, em meio ao pátio, mas seu brilho perdeu força à medida que o sol subiu no céu. Passamos por uma ilha rochosa que despontava da superfície do mar como um bloco quadrado e escuro. De repente, o ar ficou frio, embora em retrospectiva eu não saiba se foi um efeito da sombra larga da pedra ou uma sensação dentro de mim ao ver a ilha. Eu estava no convés, mas desci quando o barco virou para regressar à costa.

Uma das crianças, que havia ficado quieta e nem por um momento demonstrara interesse em sair do salão para o convés, começou a chorar durante a viagem de volta para casa. O menino chorou baixinho, mas com um soluço constante e as mãos sobre o rosto. Estava deitado com a cabeça no colo da mãe, e ela pôs uma mão nas costas dele, mas não o afastou.

Depois de o barco atracar, desembarcamos lentamente. Ninguém estava com pressa para chegar ao almoço no hotel.

Passamos por entre as esculturas de pedra, pelo mirante, e atravessamos o jardim até a escadaria principal. Não quis me apoiar em Maria, mas caminhei perto dela, tocando sua mão de vez em quando.

Enquanto eu estava em meu quarto, depois do almoço, fui tomado por uma dor violenta no coração. Não sabia se era devido ao esforço da caminhada de volta da praia ou às preocupações relativas ao que está acontecendo no Termush.

É impossível situar os acontecimentos; minha própria vontade de designar amigos e inimigos talvez me impeça de ver tudo com clareza.

Permaneci no meu quarto durante a tarde e novamente à noite.

Maria entra e sai quase sem eu perceber.

16

Ontem, enquanto estávamos fora do Termush, mais de vinte feridos chegaram ao hotel.

Já tendo um plano pronto, a administração havia apenas esperado por um dia em que o tempo permitisse que os hóspedes permanecessem fora do edifício.

Durante uma reunião no salão, a administração nos apresentou os acontecimentos.

Em consideração aos hóspedes, pouparam--nos de ver os feridos e mutilados. Tinham feito de tudo para não restringir a liberdade e os bens de direito dos hóspedes. Só tinha sido necessário tomar a biblioteca como alojamento para os forasteiros, mas dentro de poucos dias as estantes de livros e revistas seriam montadas no salão. Nos abrigos subterrâneos, haviam se apropriado de pouquíssimo espaço, que significaria apenas que, quando soasse o alarme, as crianças e suas mães teriam de permanecer na ala feminina, onde o espaço anteriormente não estava de todo ocupado. Para concluir, a administração relembrou que as refeições dos forasteiros sempre seriam preparadas com alimentos que não pertenciam aos hóspedes.

Depois do discurso, um silêncio atônito se espalhou pelo salão. Nem o moderador nem seus seguidores mais próximos fizeram menção de comentar o que fora dito. Como uma demonstração de sua importância, ou um sinal de sua impotência, o moderador se levantou e deixou a reunião.

A administração enfatizou que não admitiria mais feridos no Termush. Todos haviam se esforçado ao máximo, a administração agradecia aos hóspedes a sua compreensão.

Comecei a conseguir ler a lenta formação de opiniões dos hóspedes. Não como pontos de vista claramente definidos, mas como instintos vagos e convicções provisórias. Estavam tranquilizados, embora inseguros, sem saber se deveriam dar mais ouvidos a sua confiança ou a sua desconfiança. Levantaram-se e saíram do salão sem dizer muito.

Eu mesmo senti um imenso alívio, uma leveza nebulosa. Minhas premonições e fantasias mais angustiantes desapareceram. Porém, ao mesmo tempo, veio à tona a inquietação inicial sobre a situação. Não ousava depositar minha confiança na firmeza da administração nem na perspicácia dos hóspedes.

Quando encontrei o médico no saguão, ele estava se balançando nos calcanhares, perto da escada que dava para os abrigos subterrâneos.

Vi pelo seu olhar que estava bem nervoso.

Parei recostado à parede a uma distância curta dele. Não fiz nenhuma pergunta nem o incentivei a falar.

— O médico-assistente e eu ameaçamos nos retirar, se fosse negado o acesso dos feridos ao Termush — disse ele, passado algum tempo. — A administração nos fez prometer que esses seriam os últimos que receberíamos. Em troca, o hotel nos apoiaria e cuidaria de lidar com os hóspedes. Essas eram as condições. Fomos obrigados a aceitá-las.

— A administração está com medo — respondi.

— Estão com medo de que os hóspedes instaurem um processo contra eles.

— Em que tribunal? — perguntei.

O médico me lançou um olhar rápido.

— A administração também está com medo de perder sua chance de sobrevivência — acrescentou ele. — Cada um dos feridos representa um risco.

— Mas e o médico? O que o médico quer com os feridos?

— Os doentes são parte do meu ofício — respondeu ele calmamente.

Logo antes de o sol se pôr, caminhei sozinho pelo pátio. Tínhamos permissão de sair por conta do tempo estável.

A caminho do mirante, vi Maria andando em minha direção. Ela riu como se não estivesse esperando me ver e estendeu para mim uma mão aberta, virada para cima, enquanto eu ainda estava a alguma distância dela. Na palma de sua mão havia um objeto escuro.

Ela parou, mas manteve imóvel a mão aberta, esperando por mim.

De repente, um homem vestido de roupa branca surgiu dos arbustos atrás dela e correu pela trilha sem fazer barulho. Maria só o viu quando ele a empurrou com tanta força que ela caiu quase estatelada nos ladrilhos do caminho.

Eu fiz menção de correr ao encontro dela quando percebi que o estranho era um dos guardas. Ele já havia despido as luvas e estava se curvando para ajudar Maria a se pôr em pé.

— A senhora não pode tocar neles — disse o segurança.

— O que você estava segurando? — perguntei.

— Um pássaro, um pássaro morto — respondeu ela.

— É proibido tocar neles — disse o guarda. — Sem dúvida, estão infectados. A senhora deve ir para a enfermaria ser examinada.

Queria apoiar Maria e partir para o hotel, mas avistei o pássaro jogado na mata cavoucada ao lado da trilha. Era marrom e bem pequeno. Virei-me para o guarda, que estava prestes a vestir suas luvas de novo.

— Aparecem muitos deles? — perguntei.

— Toda manhã, ou pelo menos a maioria aparece de manhã.

Antes de chegarmos ao hotel, Maria desabou em meus braços. Entendi que a súbita intervenção do homem havia desencadeado seu pavor.

Na enfermaria, suas mãos foram higienizadas e sua roupa, examinada. O médico-assistente foi cuidadoso e calado e lhe deu dois comprimidos de calmante.

Ao entrarmos juntos no saguão, ouvi da biblioteca os gemidos dos feridos. Os sons eram longos e desamparados. Talvez um dos motivos disso também fosse o fato de a sala ter sido esvaziada de toda a mobília quando abriram espaço para as camas.

17

Durante a noite, o hotel foi arrancado de seu sono.

Uma gritaria persistente, como a de um conviva em alguma farra, foi interrompida por batidas nas escadas. Ouvi portas se abrirem e os hóspedes saírem para o corredor enquanto a algazarra soava outra vez.

Mais lentamente do que ambos os vizinhos, recobrei meu equilíbrio e reuni força de vontade suficiente para abrir a porta.

Parado no tapete do corredor estava um dos hóspedes, um homem que eu antes só havia notado como um espectador calado de sorriso cansado. Estava de pijama, balançando a cabeça em meio ao fluxo de vizinhos ao seu redor.

No momento em que saí pela porta, ele meio que desmoronou, rindo e balbuciando, enquanto vários braços o impediam de desabar no tapete. Só então me dei conta do cadáver de um bezerro esquartejado que ele havia arrastado pela escada.

Diversas vezes, ele tentou alcançar o animal, mas os hóspedes o impediram de tocá-lo, como se fosse perigoso. Olhavam obstinadamente para a escada, onde o médico-assistente apareceu logo depois.

Os hóspedes prestativos soltaram o homem cedo demais, e ele alcançou o bezerro antes do médico. Quatro braços o seguraram enquanto ele chorava alto e agitava a cabeça. O médico preparou a injeção de sedativo.

Depois de o paciente ser levado escada abaixo até a enfermaria, os hóspedes desapareceram dentro de seus quartos. O bezerro continuou ali; eu o via claramente sob o círculo de luz de uma das lâmpadas. As pernas se projetavam do corpo sem cabeça, a barriga estava eviscerada e o couro, meio esfolado. No entanto, as cores estavam embaçadas, como se fosse um boneco feito de madeira e couro pintado.

Embora eu soubesse que o animal tinha vindo do congelador, tentei encontrar manchas de sangue no corredor ou na escada. Estava frio no ponto do tapete onde a carcaça havia ficado.

O homem tinha pintado o diabo na cozinha, onde encontrara garrafas de vinho e esvaziado ou quebrado uma dúzia delas. Na despensa de carne, ele tinha arrancado as carcaças dos ganchos.

Ninguém o havia notado antes de ele arrastar a carcaça escada acima e, em seu estado de pavor e embriaguez, tombar no corredor.

Ele continuou internado na enfermaria. Durante o almoço, a administração comunicou que os danos tinham sido pequenos, e que fechaduras especiais haviam sido instaladas nas portas da cozinha.

À pergunta de um hóspede, a administração respondeu que não haveria represálias contra o homem em surto. Não cabia ao hotel punir, somente prevenir e tranquilizar.

No decorrer da tarde, surgiu uma agitação inexplicável entre os hóspedes.

Sem dúvida, tinha alguma ligação com o vandalismo na cozinha. Muitos o enxergaram como uma tentativa confusa e inocente de romper com os padrões estabelecidos, uma espécie de retorno à rebeldia da juventude. No entanto, os que mais relevavam as ações do homem eram também os que mais confiavam nas medidas de segurança da administração. Sentiam-se empolgados com a façanha, mas ao mesmo tempo queriam impedi-la.

A agitação se manifestou em grupos que toda hora escapavam do hotel e andavam à toa pelo jardim, indo tão longe em direção aos limites que os seguranças diversas vezes tiveram de intervir para detê-los. O mirante se encheu de hóspedes, que em pequenas turmas se dividiam e desciam as escadas, andando por entre as esculturas de pedra ou até a praia, onde se deixavam conduzir de um lado para outro pela curiosidade coletiva de ver o que se escondia por trás dos dois rochedos que delimitavam a área.

No final da tarde, soou o alarme.

A maioria dos hóspedes estava no hotel; o tempo havia esfriado e o céu estava coberto de nuvens. Pelas janelas do saguão, vi os retardatários correrem juntos em direção ao edifício, ignorando os caminhos ladrilhados, mesmo que correr pela terra macia os impedisse de progredir rapidamente.

Aguardamos enquanto os feridos eram levados da biblioteca para os abrigos subterrâneos. Muitos viraram a cara, em distração fingida ou medo confesso do que poderiam ver. Notei que muitos dos forasteiros tinham lesões no rosto ou ataduras nos braços e nas pernas. Mas a maioria estava apenas exausta, com as pupilas dilatadas demais nos rostos emaciados. Nenhum deles reclamou ou gritou ao serem transportados. Não pude determinar se isso se devia ao movimento cuidadoso das camas ou a uma consideração coletiva para com os hóspedes.

Fomos instalados nos abrigos subterrâneos, cada um em sua ala e em seu lugar. Caímos na costumeira passividade, sem sinal de reação ou impulso.

No entanto, tive que perguntar a mim mesmo se o alarme dessa vez havia sido necessário ou se fora decidido pela administração como uma forma de terapia e remédio exaustivo.

Já no início da noite, fomos liberados. Subi ao meu quarto, sem ter forças para procurar Maria ou ouvir a música do sistema de alto-falantes do hotel. No entanto, fiquei inquieto por um longo tempo antes de pegar no sono.

18

Hoje de manhã, tentei dormir até mais tarde para compensar uma noite insone. Não desci para tomar café e deixei as cortinas bem fechadas. No entanto, permaneci num estado entre sono e vigília, estágio em que vagam pelo cérebro meias frases, ruídos dos quartos vizinhos e silhuetas, mesmo de olhos fechados.

Em dado momento em que eu estava dormindo mais profundamente, Maria entrou. Ela conseguiu abrir as cortinas e se sentar na minha cama antes de eu acordar.

Pelos seus olhos brilhantes e nervosos e o cabelo desgrenhado, percebi que estava agitada.

Sentei-me na cama, confuso com seu rosto e meu leve sentimento de culpa por ter dormido até tão tarde. Esperei por novas histórias sobre a administração ou o moderador. Para desanuviar minha cabeça, fixei a atenção num ponto distante fora da janela, na copa de uma das grandes árvores.

No entanto, Maria esperou até que eu olhasse para seu rosto. Não se tratava da administração ou do moderador, mas dela mesma.

Durante a noite, sua mente havia tentado abafar pensamentos sobre a radiação. Para onde quer se virasse, ela via a imagem: a luz fraca e cinzenta que emanava do céu, das paredes, do solo e do assoalho. A tênue auréola que pairava sobre a paisagem, os contornos das árvores, os rochedos, a praia arenosa, as esculturas de pedra... tudo estava cercado do mesmo brilho aquoso, que parecia repetir cada silhueta logo em cima da original. E ela viu os moradores do hotel passearem pela paisagem como se estivessem inseridos em um quadro antigo.

Havia uma grande distância entre as figuras; todas estavam longe, viradas de costas para o observador e usando vestes exageradas, como se sublinhassem a tragédia de sua existência. As árvores e montanhas haviam encapsulado aquelas pessoas como pólipos, ao passo que elas mesmas já tinham se tornado criaturas orgânicas, revestidas de penugem ou de pele. De todos os objetos, emanava aquela luz que transpassava as vestes, a pele e a carne nos ossos, as folhas das árvores e o musgo nas rochas, e que de repente delineava o âmago mais íntimo e vulnerável de humanos e vegetais, as camadas sensíveis de crescimento, o cal, o ferro e o sangue.

Maria estava consciente disso, como se a radiação fosse visível apenas para ela, como se ela, por algum defeito, fosse a única a enxergar a contaminação geral.

Ela havia pensado em minha falta de confiança na administração, e viu por si mesma como os hóspedes do hotel todos os dias se expunham à radiação invisível, enquanto a administração deixava de chamá-los aos abrigos subterrâneos para não espalhar pânico. Naquela manhã, logo antes de se levantar, ela foi acometida por um intenso pavor.

Quando ela terminou de falar, não respondi nada. Não tinha como confirmar ou negar sua história. Poderia rebater suas fantasias sobre a enganação da administração para com os hóspedes, mas não podia fazer nada contra as ideias que haviam levado a tais fantasias. Elas continham uma percepção que só podia ser captada em uma imagem lenta e atormentada.

Descemos ao jardim, e peguei seu braço sem perguntar se ela precisava de meu suporte.

Eu queria distraí-la da sua visão desconcertante. Comecei a falar sobre o passado do Termush, um passado que pairava como uma rede densa sobre o lugar e seus moradores.

Pensar nisso era como colocar em movimento as pinturas sombrias e antiquadas.

As carruagens da nobreza atravessando o cascalho e parando em frente à escadaria principal. Os criados às portas, levemente curvados, ou se esgueirando com agilidade em torno das rodas das carruagens. As mulheres de vestidos longos e esvoaçantes, com sorrisos gentis, ansiosos. Os homens engomados em ternos escuros. Por todo lado, as mãos de criados em luvas brancas, mãos carregando bolsas, abrindo portas e tirando casacos dos ombros dos hóspedes.

Os cavalos cheirando a suor e urina, os cocheiros e cavalariços esperam para levá-los embora. Mas há ainda uma figura dentro da carruagem, onde o sol apenas ilumina um quadrado de veludo e borlas coloridas.

A administração do hotel recebe o grupo, aguardando junto às laterais da escadaria feito ciprestes. Os hóspedes fazem acenos distraídos, e as figuras de preto fazem mesuras por um instante. Andorinhas chilreantes sobrevoam o pátio. Mas ainda resta uma figura dentro da carruagem, cuja porta está entreaberta, deixando à mostra o veludo e as borlas coloridas. Um dos criados permanece imóvel, aguardando.

Os hóspedes elegantes, de olhos arregalados e cheirando a perfume desaparecem dentro do edifício. O sol reflete no pátio.

De repente, uma mulher robusta e de pele marrom desce cambaleante de uma carruagem próxima aos estábulos. Anda cambaleando, quase torcendo os pés sobre o cascalho. Ao chegar à carruagem nobre, ela escancara a porta, na qual o criado imediatamente põe uma mão branca. Ela sobe no estribo e se abaixa, seu traseiro gordo preenchendo o vão da porta.

A ama tira a criança da carruagem. É um menino vestido de veludo azul-escuro com gola de seda e sapatinhos lustrosos. Seu rosto irradia loucura, os olhos sem contornos e a língua pendendo de uma boca de lábios finíssimos. Seus cabelos são ralos e as orelhas de abano, deformadas. A ama desaparece escada acima e atravessa a porta segurando firmemente o pulso da criança.

O pequeno não emite som algum, mas observa o entorno com olhos arregalados, enquanto bamboleia pelo cascalho e sobe os degraus.

Somente então a carruagem pode ser estacionada e os criados podem retornar ao edifício, cuja porta principal já está fechada.

Maria adormeceu depois que voltamos. Não disse nada enquanto eu contava a história. Ao se deitar em minha cama, ficou pálida e perdeu totalmente as forças.

Enquanto ela dormia, caminhei pelas passagens e corredores até as escadas, atravessei o saguão vendo tudo muito mais nitidamente do que antes. Cada detalhe dos armários escuros e entalhados, dos bancos ao longo das paredes, das pesadas ornamentação nas cadeiras e mesas, das dobras imitando tapeçarias no topo das estantes.

O edifício estava vazio de hóspedes; não havia qualquer família nobre ou endinheirada com suas cabras de estimação ou outras excentricidades caras. Os hóspedes do meu próprio tempo se encontravam em seus quartos a dormir ou absortos ante suas escrivaninhas.

Ao voltar, vi que o espelho não refletia meu rosto com a mesma riqueza de detalhes que eu havia percebido na decoração do hotel. No entanto, Maria tinha acordado e, de repente, encontrei seus olhos no reflexo do espelho, por cima de meu ombro.

19

O médico deu a ordem de isolar doze pessoas nos abrigos subterrâneos.

Os dosímetros dos hóspedes não indicam qualquer perigo, mas a análise da urina de manhã detectou um aumento repentino de substâncias radioativas.

As listas do hotel foram consultadas para encontrar pontos de contato entre os doze hóspedes, incluindo a localização de seus quartos, seus parceiros preferidos durante as caminhadas no jardim e no refeitório.

A comida também está sendo avaliada. A suspeita recai sobre uma fruteira, que foi deixada em uma das salas de higienização antes de ser levada para a mesa.

A administração recitou a lista com o nome dos doze hóspedes. Entre os saudáveis, espalhou-se uma curiosidade imodesta. Uma mulher bem na minha frente manteve o pescoço esticado, sem a qualquer momento baixar a cabeça ou desviar o rosto. Quando nos levantamos das cadeiras, percebi que era uma das pessoas banidas.

A tarde trouxe uma atividade frenética.

O moderador pôs seus seguidores em movimento.

Os doze hóspedes arrumaram pequenas malas e partiram para os abrigos subterrâneos, onde uma das salas havia sido especialmente adaptada. Ficaram calados, como se seus comentários pudessem contagiar o resto de nós ou como se o isolamento fosse uma sentença.

Falamos sobre os doentes com empatia, mas sua doença nos causou uma peculiar animação. É como se nós, que não fomos mandados para os abrigos lá embaixo, tivéssemos recebido o diagnóstico de saudáveis, capazes de sobreviver, ilesos. Nós nos salvamos e, desde a catástrofe, nunca nos sentimos com mais vitalidade. Em algum lugar nos abrigos abaixo de nós está alojada a parte doente, o membro decepado, que garante a saúde do resto do organismo.

Depois do jantar, o moderador fez um apelo para a administração tomar novas providências. A gentileza irrestrita para com as pessoas vindas de fora do Termush resultou no contágio de doze hóspedes. Ele se levantou ruidosamente da mesa, mas foi interrompido pelo médico, que ergueu o braço e anunciou que aquilo era mentira.

Durante o tumulto que se seguiu, a administração buscou suas duas testemunhas.

Um jovem casal atravessou o refeitório, passando pelas mesas enfileiradas. Ela estava pálida, seus cabelos escuros lhe cobrindo o rosto. Ele andava cabisbaixo logo atrás dela.

Um membro da administração explicou que a jovem se distraíra com seu amigo, um dos guardas. Ele havia chegado da área além do terreno do hotel e deixado sua roupa de proteção na sala de higienização. A jovem pôs a fruteira perto da roupa, e as frutas foram infectadas pela poeira perigosa grudada no tecido.

— Um trágico acaso — concluiu a administração. — Tentamos nos proteger disso por meio de severas restrições.

A moça ergueu os olhos por um instante, movendo os lábios como se quisesse falar, mas nenhum som saiu, e ela se virou de repente, apoiando-se no amigo, que a conduziu para fora da sala. Quando passaram pelo meu lugar, notei que era o mesmo guarda que havia impedido Maria de tocar no pássaro morto.

O silêncio se estendeu entre os hóspedes. Ninguém se moveu.

Em seguida, soou um grito.

— A patrulha de reconhecimento. A patrulha! Onde estão os membros da patrulha?

A administração reagiu sem qualquer preparo. Dois de seus membros se levantaram e começaram a falar ao mesmo tempo, mas ninguém estava prestando atenção; a pergunta se tornou uma falação agitada. Enquanto os dois homens se voltavam um para o outro ou para o público, palavras eram jogadas para lá e para cá.

Somente quando o moderador se levantou, esticando os braços sobre os congregados, fez-se silêncio.

— Vamos ouvir a explicação da administração — disse ele, um sorriso de repente surgindo em seu rosto.

— Os membros da nossa patrulha de reconhecimento têm sido parcimoniosos com as informações fornecidas — disse um dos homens. — Sabemos apenas que deixaram a cidade destruída para seguir uma nova rota.

— A radiocomunicação falhou diversas vezes — informou o outro.

— A radiocomunicação não tem funcionado direito — repetiu o primeiro em voz mais baixa.

— Lamentamos esses erros. Pedimos que tenham paciência.

Os dois permaneceram de pé, sem saber o que fazer. Então o moderador fez um sinal, indicando que a reunião havia terminado.

No mesmo instante, os hóspedes se levantaram e saíram do salão não um por um, mas em uma espécie de tumulto. Espremeram-se para passar pela porta, espalhando-se de chofre pelo saguão, pelas escadas ou pelo pátio.

Mais nitidamente do que nunca, ouvi da biblioteca os gemidos dos feridos.

Subi sozinho para meu quarto, atordoado pelo furor dos eventos.

Sem ter sido capaz de prever esses incidentes, não consigo situá-los no enredo. Minha imaginação está paralisada; me pego rearranjando as obras de arte do quarto, limpando a pia e examinando a superfície dos móveis lustrosos em busca de poeira, tudo para atestar minha capacidade de controlar meu entorno.

Tenho andado absorto em vagas premonições e conjecturas. Não posso procurar o médico nem conversar com Maria. Deito-me na cama. Há tempo escrevo lutando com um cansaço incontrolável.

20

Acordei de repente no meio da noite. Não havia qualquer ruído à minha volta; eu tinha ficado muito tempo sem me mexer, como que debaixo de um manto de asfalto.

Levantei-me da cama; o relógio havia parado. Entrei no banheiro; as torneiras não estavam pingando e a superfície da água no vaso sanitário permanecia imóvel. Em meu quarto, vi o rosto inexpressivo da pintura emoldurada e o jardim vazio de Monet, onde as papoulas luziam como lâmpadas. O espelho estava fosco, como se seu revestimento de prata tivesse desbotado; as paredes em volta refletiam as paredes opostas, com os móveis na penumbra.

Do lado de fora das janelas, o pátio perdera seus contornos; as árvores e formações rochosas estavam obscurecidas pela escuridão, os troncos e arbustos estavam enterrados pelos gramados; os penhascos, nivelados.

Saí do quarto e parei sobre o tapete azul, que absorvia cada passo e disfarçava a extensão do corredor. O silêncio se fechou como um alicate.

Atravessei o corredor e abri a porta do quarto de Maria.

Ela estava meio caída na cama. O corpo projetado para a frente, a cabeça espremida no espaço entre a estrutura da cama e a parede. De olhos e boca entreabertos e rosto coberto de suor, ela tinha os lençóis enrolados no corpo, emaranhados em suas mãos.

A luz se acendeu. Vi que a cama estava vazia.

Acordei quando já era dia.

Maria estava sentada em uma cadeira ao meu lado.

Observava alguma coisa fora da janela, sem mexer a cabeça, mas eu segui o leve movimento de suas pupilas. Imaginei que estivesse contemplando as nuvens.

Vendo que eu estava acordado, ela me avisou que o café da manhã já havia terminado.

— Os comprimidos de cálcio — falei.

Ela explicou que havia me arrastado sozinha para o meu quarto durante a noite. Tinha ido até a escada porque estava se sentindo inquieta e, ao voltar, me viu caído no chão em frente a sua cama.

Contei-lhe sobre seu corpo no colchão. Eu a havia visto na agonia da morte, consciente das pequenas feridas na pele, da gengiva sangrando, da queda do cabelo, de todos os sintomas que conhecíamos.

Ela não olhou para mim enquanto eu falava.

— A administração nos prometeu conhaque após o jantar, para comemorar o aniversário da fundação do hotel — disse ela.

— É melhor do que usar o alarme — respondi.

— O conhaque também causa fadiga, mas produz um efeito menos nocivo. A administração precisa equilibrar os diversos calmantes.

— Acho que nada vai acontecer hoje. Todos estão falando do conhaque.

— Você sabe por que a patrulha de reconhecimento parou de mandar mensagens de rádio? — perguntei. — Enquanto passam tempo nas cidades devastadas, esqueceram-se dos veranistas no Termush. É isso que a administração tenta esconder.

— A não ser que estejam mortos ou feridos. E seja isso que a administração quer esconder.

Levantei-me da cama para me vestir. Antes de sair, ela tocou no meu braço e disse:

— Muitos dos feridos já faleceram. O médico falou que enterram um ou dois todas as noites.

O conhaque foi servido no salão depois do jantar.

Uma animação vacilante se espalhou pelas pequenas mesas; as pessoas começaram a jogar cartas ou contar histórias que fizeram todos ao redor morrerem de rir. As garrafas vazias eram substituídas por novas. As risadas ecoavam e o número de copos virados aumentava. Pouco a pouco, os hóspedes começaram a deixar o salão comunal, retirando-se ruidosamente para o saguão ou para os quartos, para dormir.

Mais tarde, vi os membros da administração ajudarem os empregados a arrumar o salão comunal. Conferiram os danos causados pelas cinzas de charutos nos móveis e os vidros quebrados no tapete.

Da biblioteca, os gemidos dos feridos diminuíram, como se lhes tivessem servido conhaque também ou lhes solicitado que não atrapalhassem as comemorações do aniversário da fundação do hotel.

21

Um mesmo caso desencadeou tanto reações acaloradas quanto de sangue-frio entre os hóspedes.

O desaparecimento da patrulha de reconhecimento, o isolamento de alguns dos residentes, a chegada dos feridos, nada disso podia ser explicado sem ambiguidades. A imagem logo se embaçava; o caminho não estava mais claramente demarcado e o controle se perdia. Mas essa história era simples. Foi-lhe atribuída uma moral clara, portanto todos puderam avançar com uma brutalidade rápida que não levou em consideração a vítima, apenas serviu para aliviar os juízes.

Hoje cedo, um dos hóspedes do sexo masculino foi levado para a enfermaria. Ele tinha sido encontrado no banheiro em um estado de vômito intenso e convulsivo.

O médico fez o diagnóstico de doença da radiação, mas, antes de soarem o alarme, o próprio homem contou seu histórico médico. Ele sofria de um câncer do estômago em estágio bem avançado. Durante toda a estadia no Termush, ele havia tomado injeções de analgésico, mas ainda assim teve força de vontade para circular entre nós.

Todos se lembram de que ele só comia pratos de fácil digestão, desculpando-se com uma trivial gastrite. Todos se lembram de como seu rosto emaciado era fonte constante de espanto.

Os primeiros vagos assomos de curiosidade cessaram. Pensamentos questionadores se tornaram uma condenação absoluta. Uma conexão nunca antes vista surgiu entre os residentes do Termush. Ninguém precisou desempenhar o papel de moderador para cristalizar a opinião dos demais. Os sentimentos dos silenciosos hóspedes me atingiu como uma corrente de ar frio.

O crime do homem consistiu em se inscrever no Termush mesmo sabendo que ia morrer. A administração havia rejeitado vários candidatos. Ele dera uma resposta falsa a uma das perguntas do formulário de inscrição. A condenação estava clara, embora não fosse dita com todas as letras.

Para bom entendedor, meia palavra bastava. As pessoas ficavam paradas, cara a cara, e trocavam olhares ou opiniões. Não havia necessidade de convocar uma reunião no salão; a comunicação se dava entre os quartos, nos corredores e nas escadas. O Termush havia se tornado uma cidade viva, com ruas e becos e uma fogueira na praça. Os moradores constituíam um povo unido; ninguém poderia invadir as fileiras e derrubar seu código moral. O consenso cancelava a separação dolorosa entre cada indivíduo, a rejeição e o ódio lhes davam a força de que precisavam.

Encontrei o médico, mas não consegui obter resposta alguma dele, que se recostou no batente da porta e dispensou a pergunta com um gesto da mão.

— Não entendo o que aconteceu — disse ele.

— A administração pensa que todas as reações humanas são da minha competência, mas não posso distribuir tranquilizantes à mesa do jantar.

— O aniversário do hotel já passou — comentei. — E o passeio de barco foi desperdiçado. Por fim, o senhor sempre pode sugerir usar o alarme.

O médico olhou para mim rapidamente.

— Deve ser possível proteger o doente — falei.

— Não lhe resta muitos dias de vida. Já está fortemente debilitado.

Ele se virou e foi para a enfermaria, enquanto subi as escadas para o quarto de Maria.

Os limites em torno do Termush se estreitaram. Nada aconteceu, mas o novo consenso e a condenação funcionam como abrigos construídos abaixo dos originais, com paredes de chumbo e portas que podem ser aferrolhadas contra qualquer estranho.

22

Já na hora do café da manhã foi anunciado o falecimento do doente.

Aqueles que estavam sentados mais próximos transmitiram a notícia brevemente, como uma saudação ou uma senha combinada. Não havia trunfo nem sentimento de vingança em suas vozes, tampouco lamento ou surpresa. Contavam o fato calmamente, como se fosse o remate preparado da história.

Vi vários dos hóspedes pararem junto às mesas; uma das pessoas sentadas ali se inclinava na direção deles, ouvia a notícia e esperava por um momento antes de estender o guardanapo no colo.

Maria havia descido antes de mim; estava sentada a alguma distância e não ergueu a cabeça quando entrei. Ela não seguia com os olhos as repetidas mensagens sobre a morte. Estava comendo muito devagar.

Eu mesmo estava achando a omelete de claras indigesta. Engoli meus comprimidos de cálcio e tomei metade do chá. Parecia-me que os hóspedes estavam propositalmente se detendo por mais tempo no refeitório naquela manhã. Ficavam curvados sobre as mesas, conversando baixinho, como se tivessem se acalmado depois de um longo tempo de insegurança. Os acontecimentos tinham provado sua razão. Do lado de fora, o sol brilhava, e não havia qualquer vento agitando os ramos das árvores.

Eu estava caminhando sozinho pelo pátio após a refeição quando o alarme disparou.

Logo depois de o sol, baixo no céu, desaparecer, eu havia descido até as esculturas de pedra. Da trilha de cascalho, pude acompanhar o movimento dos hóspedes no pátio, se tomavam o rumo do mirante ou se iam até os limites dos extensos gramados. Via-os passar em duplas ou em grupos; não enxergava seus passos nos ladrilhos, apenas seus troncos se movendo da esquerda para a direita, virando-se uns para os outros, gesticulando com os braços, as bocas se abrindo para conversar.

Não ouvia exatamente o que diziam, mas o hotel se enchera de energia e empolgação, e o pátio estava lotado de passeantes.

Não havia qualquer necessidade de chamar os hóspedes para os abrigos subterrâneos. Eles não estavam nem rebeldes nem nervosos; por trás de sua nova energia havia uma brutalidade tão indireta que eles mesmos não a percebiam. Já haviam se esquecido do defunto, comentando apenas que o jogo chegara ao fim. Sua maldade era suave, e sua crueldade não passava de um golpe cansado e aleatório.

A administração, porém, estava aflita com a nova atividade desordenada dos hóspedes.

No momento em que o alarme soou, vi quatro vultos acima de mim. Todos pararam e viraram o rosto para o céu, cujo brilho os iluminava enquanto eu estava na sombra. O céu, porém, estava claro e luminoso, sem qualquer sinal de chuva ou de baixa pressão atmosférica. Eles se entreolharam, deram meia-volta e foram subindo em direção ao Termush, sumindo lentamente pelos gramados.

Às minhas costas, o sol cintilava no mar. Não havia ondas batendo na praia. Pousei a mão no grande músculo da pata do leão de pedra. Ainda preservava o calor do sol.

Em seguida, subi as escadas e atravessei os gramados em direção ao edifício, vagarosamente, como os outros hóspedes. Ninguém estava com pressa; todos estavam dispostos a dar passagem e deixar outra pessoa entrar primeiro pela porta do saguão.

Os feridos já tinham sido levados para os abrigos subterrâneos.

Precisamos andar em fila pelos corredores para poder passar pelos grandes biombos que foram instalados na frente dos leitos. Um dos feridos estava gemendo, embora sua voz indicasse que era através de um véu de morfina. Ele murmurava sem parar a mesma sílaba, impossível de associar a qualquer palavra.

Depois de fecharmos a porta do abrigo, não fomos mais distraídos pelos feridos.

Vi que nenhum dos hóspedes esperava que a estadia fosse de longa duração. Estavam relaxados, contemplando o teto dos abrigos ou algum detalhe nos bancos, ou começaram a jogar baralho. Não havia sinal de aflição ou exaustão. A estadia não mudou suas expressões ou o modo como se relacionavam. Nem mesmo os abrigos subterrâneos foram capazes de apagar a nova conexão entre os hóspedes, sua união e comunidade.

Como se a administração tivesse se dado conta disso, ou talvez por estar confusa em relação às próprias convicções, o alarme parou de soar depois de uma hora.

Os jogos de cartas cessaram e o abrigo foi esvaziado; os hóspedes imediatamente subiram para seus quartos a fim de se trocarem para o jantar.

Em consideração a nós, não removeram os biombos nem transportaram os feridos para cima antes de todos termos saído dos abrigos subterrâneos.

23

Deixo registrado o sonho que tive ontem à noite:

Eu estava olhando para um oceano banhado por uma luz suave e fresca. Mesmo estando presente, eu não tinha forma, como o brilho do sol que ilumina sem ter substância.

A água era cristalina e translúcida. Apesar da profundidade, eu via a paisagem rochosa no fundo, falésias desprovidas de algas, completamente nuas e arredondadas, como se tivessem sido lapidadas em mármore e granito.

Por aquelas águas, nadava um cardume de grandes peixes. Não me pareceram golfinhos nem tubarões, e não reconheci sua espécie.

O cardume mergulhou em direção às pedras, subiu como que por uma decisão coletiva, rompendo a superfície com suas costas brilhantes e deixando suas grandes barbatanas deslizarem pelo ar enquanto seus corpos permaneciam na água. A distância entre os dez ou doze peixes não variava, mesmo que mudassem de lugar o tempo todo em movimentos fluidos e coordenados. Ora estavam no fundo, ora perto da superfície, os corpos agindo com calma e força, como se consistissem em um único músculo.

De repente, o movimento dos peixes cessou, a luz congelou difusamente sobre a superfície da água, a leve cintilação e as matizes sumiram.

No mesmo instante, surgi como eu mesmo, vestido com o paletó que uso no hotel e parado em uma sala infindável.

Quando olhei para cima, vi os peixes suspensos sobre mim por correntes e escoras de ferro que pendiam do teto. Mantinham a mesma formação que tinham na água, logo antes. O céu se estendia monótono sobre eles, como um grande cartaz pintado de azul.

Assim que me acostumei à penumbra da sala, vi as grandes feridas abertas na barriga dos peixes.

Logo depois do jantar, enquanto estávamos sentados no salão e a luz do dia desaparecia do pátio, uma mulher entrou correndo, trôpega, pela porta que dava para o saguão.

Um dos hóspedes se levantou de um pulo e lhe deu apoio para que não caísse sobre a mesa, onde havia uma fileira de xícaras vazias.

— O lavabo, o lavabo — disse ela, sem conseguir se explicar.

Três ou quatro de nós seguimos para o pequeno lavabo que ficava embaixo da escada do saguão.

A porta estava entreaberta, e a luz não estava acesa. Porém, só pelo reflexo do lustre do saguão, vimos o homem que se enforcara. Ele havia passado a corda em torno do grosso cano da caixa de descarga e pulado do assento do vaso sanitário. Aterrissara com os pés abertos e urina tingia uma das pernas da calça de um tom escuro.

Depois de cortarmos a corda para soltá-lo, o médico foi chamado. O saguão foi interditado até o corpo ser removido e a limpeza do pequeno recinto ser concluída.

Todos voltaram ao salão de jantar, onde o café estava frio e tinha um gosto amargo.

Alguns dos hóspedes que ocupavam os quartos mais próximos ao do falecido foram convocados pela administração. Não entendi por que a administração estaria interessada em meias explicações e fofocas. Ninguém poderia ajudar a explicar a morte daquele homem. Teria acontecido porque ele era um hóspede do Termush, ou será que fora uma questão mais íntima? Seria ao menos possível distinguir as duas coisas?

Passaram a noite nesses interrogatórios irre-
levantes, mas aos poucos os hóspedes pareceram
mais apaziguados. A morte tomava um viés mais
compreensível à medida que a encarávamos de
forma sistemática; as perguntas perturbadoras
desapareciam, e aguardávamos apenas as respos-
tas e a resolução.

Saí com Maria para caminhar do lado de fora do
edifício. Foi a primeira vez que andamos pelo pátio depois do anoitecer.

Era difícil seguir o caminho sob a escassa luz
da lua.

Ela andou bem pertinho de mim, agitada e
quente depois do ocorrido.

A terra, agora fresca, tinha um cheiro suave
entre as árvores. Do mar, um vento quase visível
soprava sobre o pátio.

O grande edifício do hotel ostentava janelas
iluminadas, no térreo. Mais para cima na fachada, um ou outro quarto estava aceso. Nenhuma
vidraça precisava de cortinas; o Termush não tinha vizinhos, nem agora nem antigamente houve-
ra necessidade de temer importunações. O terreno
do hotel era grande e a área em volta, rochosa, apenas com vegetação esporádica. Ninguém pensaria

em fixar residência ou deixar seu gado pastar nas terras ao redor do Termush.

Passeei com Maria na escuridão do pátio como se fôssemos personagens de um quadro antigo. Meu convite para uma caminhada noturna parecia, em si, um clichê antiquado. Minha maneira de conduzi-la pelo braço e meu modo de me dirigir a ela são coisas obsoletas, assim como meus pensamentos quando quero fazer uma crítica integral ao Termush. Olho à volta e tiro a mesma conclusão que os visitantes ao Termush sempre tiraram. Embora eu tente formular minhas objeções, é sempre na mesma linguagem e sobre as mesmas premissas fixas.

Fui tomado por um frio repentino e pedi a Maria que voltássemos. Foi mais fácil seguir o caminho de volta, delineado pela luz do saguão e do salão. Eu me imaginei como um velho latifundiário que vê seus edifícios pegando fogo e seus funcionários sendo abatidos. Para enfrentar os agressores, que já estão na escadaria, ele só tem seu chicote e uma citação de Corneille.

Eu estava segurando o braço de Maria quando, de repente, ouvimos três tiros.

Soaram dos limites do terreno que dão para o campo, perto do lugar onde a estrada desaparece atrás de um promontório.

Paramos ao mesmo tempo.

— São os guardas que estão atirando — disse ela.

Fiz que sim, mas não respondi nada enquanto entrávamos no hotel.

A julgar por alguns hóspedes despreocupados que se encontravam no saguão, o som dos tiros não havia chegado ao hotel.

24

Foi impossível encontrar descanso durante a noite. Períodos de agitada vigília se alternaram com um estupor sombrio e exaustivo.

Pela manhã, me encontrei sentado na cama, a pele retesada e o sangue borbulhando. No escuro, imaginei o quarto ao contrário ao ir tentar abrir a janela. Meus dedos alcançaram as dobradiças da porta, sem reconhecer o que eram. Sem querer me deixar levar pelo pânico, convenci-me de que havia enfiado as mãos sob o caixilho da janela. Tateei pela parede novamente, esperando sentir a frieza do vidro ou as cortinas. De repente, a mesa acertou com força meu quadril.

No instante seguinte, ao esticar uma das mãos, achei o interruptor da luz.

Atormentado, comecei a me vestir. Queria descer ao pátio e acompanhar as ações dos guardas.

Parei na porta do saguão que dava acesso ao pátio fresco, querendo levar a chave comigo, caso a fechadura travasse. Enquanto eu estava segurando a porta pesada, uma mão pousou sobre meu ombro.

— Peço ao senhor que suba para seu quarto — disse a voz do guarda.

Retirei-me da porta, que se fechou.

— Certamente ninguém pode me impedir de ficar no saguão.

— Só tenho ordem de impedi-lo de sair para o pátio — respondeu ele.

— Impedir a mim especificamente? — questionei.

— Qualquer pessoa que se aproximar da porta.

— Ah, o senhor está pensando no tiroteio.

Ele ergueu a mão, como se fosse responder, mas logo se virou e foi embora.

À mesa do café da manhã, um boato se espalhou sem causar o costumeiro entusiasmo. Ninguém tinha concentração suficiente para levá-lo a sério, embora apenas poucos dias antes fosse ter suscitado comentários ruidosos.

Dois hóspedes tinham invadido o quarto da moça que deixara a fruteira na sala de higienização. Os dois se enfiaram em sua cama, mas ela berrou e empurrou um deles contra o radiador, ferindo-o. A administração havia interrogado os homens, no entanto os dois estavam sob o efeito de álcool, ou de psicotrópicos, e se defenderam alegando que a moça já havia deixado um dos guardas entrar em seu quarto em outra ocasião. A administração lhes deu uma advertência, prometendo manter seus nomes em segredo. O médico aplicou uma injeção sedativa na moça, que estava temporariamente dispensada de suas funções.

A história foi se espalhando de mesa em mesa, suscitando sorrisos ou abanos de cabeça. A costumeira curiosidade havia desaparecido, e a indignação coletiva se acalmara.

Vejo o Termush como um grande organismo, um único corpo, que age de acordo com leis diferentes das que se aplicam a cada hóspede individual. Ninguém consegue prever uma reação; só mais tarde o organismo dá sua resposta, positiva ou negativa. Ou ele reage de repente, como num espasmo — descansa e deixa passar ou ricocheteia feito um músculo exposto.

Mas preciso me perguntar se não estou refletindo minha própria vontade sobre aquilo que observo. Se, em meu zelo e angústia, não acabo distorcendo e atemorizando as reações coletivas. Se eu também sou culpado pelo fato de o Termush estar fechado em si mesmo, porque acredito estar fazendo intervenções significativas ao conversar com o médico ou ao correr para o pátio buscando ouvir tiros. Minha crítica se vira contra mim mesmo, meu anseio por tomar notas me revela que quero formular minhas perguntas e minhas dúvidas, mas que já abri mão de respondê-las.

Hoje à tarde, os doze hóspedes isolados foram liberados dos abrigos subterrâneos. O médico havia prescrito um isolamento mais longo, mas foi preciso pesar as reações psicológicas contra as físicas.

Os cinco dias nos abrigos subterrâneos haviam transformado os doze confinados em figuras pálidas e assustadas. Nós os lembramos de sua quarentena a todo instante, com nossos rostos bronzeados e o movimento fácil de braços e pernas.

Os doze hóspedes se sentam juntos no salão ou andam juntos pelo pátio, como se, após seu exílio, estivessem condenados a permanecer juntos. Aos nossos olhos, a catástrofe já deixou sua marca neles: em algum lugar de seus corpos está alojado o germe da transformação, da deformação e da mutilação. E em algum lugar nas pessoas saudáveis está alojado o desprezo muito evidente pelos deformados.

Uma imagem reside dentro de nós, causando constante ansiedade: visualizamos o dia em que os peixes abandonarão a água e se arrastarão pela areia e pela terra em direção às árvores, onde se prenderão aos troncos com mandíbulas esfoladas para subirem até os galhos, onde viverão de acordo com instintos totalmente novos. Vemos árvores desfolhadas cheias de esqueletos de peixes cujas peles farfalham como o estertor das vítimas da peste.

Vemos a tartaruga marinha botar ovos e se enfiar na terra, onde morre da seca; os pássaros se lançarem de seus ninhos sem usar as asas; o potro lamber pedras, enquanto o úbere da égua rebenta de leite; a cabra esfolar seu cabrito, tentando mastigar-lhe a carne fibrosa; a abelha voltar seu ferrão contra si mesma; o trigo crescer para baixo; e as raízes das árvores se levantarem da terra para procurar água no ar.

E vemos uma praça ou uma sala cheia de seres humanoides, deitados, sentados ou de quatro. Estão nus e pelados, com rostos inchados e enlouquecidos, e são incapazes de ficar em pé. Entre todos esses imbecis, há um único gênio. Sua cabeça está inchada, seu olhar é firme, mas o semblante está contorcido de dor. Com toda sua força concentrada no cérebro, as pernas não aguentam carregá-lo. Somente se arrastando sobre o corpo dos imbecis, assim como eles têm de se arrastar sobre o seu, ele consegue chegar à nascente de água fresca que corre ali perto.

Nosso medo não é mais da morte, mas da transformação e do aleijamento. Não consideramos essa questão e não conseguimos falar sobre o assunto, mas nos momentos em que somos capazes de esquecer nossa própria aridez, a imagem se torna nítida.

O pensamento é impossível de sustentar. Nós o abafamos, o escondemos, a fim de esquecê-lo. E isolamos os doze hóspedes como um sinal de nosso temor, o qual não temos forças para suportar.

Enquanto os doze hóspedes se esgueiravam pelo pátio, Maria subiu ao meu quarto.

25

Hoje cedo, um grupo de forasteiros invadiu os jardins.

No hotel, tudo estava tranquilo, somente na divisa do terreno um dos guardas foi nocauteado. Como os gramados se estendem desobstruídos desde o terreno acidentado e revolvido até o edifício, os forasteiros chegaram sem dificuldade ao saguão.

Quando estavam prestes a levar seus feridos para a enfermaria, foram interceptados por três seguranças portando submetralhadoras.

Os forasteiros entregaram suas armas, mas não se deixaram deter.

Quando o médico apareceu, os guardas estavam parados, apontando as metralhadoras a esmo. Um deles abriu a porta com um chute e saiu correndo para o pátio, onde se pôs a atirar para o alto e no meio das árvores. O médico entrou na enfermaria para prestar os primeiros socorros aos feridos.

Muitos dos hóspedes haviam se aglomerado na escada. O silêncio tenso e prolongado foi interrompido por uma turma no patamar mais baixo. Como que por um impulso coletivo, eles começaram a gritar e a descer os últimos degraus, andando pelo saguão de encontro aos forasteiros.

Foram parados pelas armas dos seguranças. Recuaram, protestando, e os últimos gritos se espalharam pela escada. Assim que houve silêncio, ouvimos os gemidos fracos dos feridos vindo da enfermaria.

Um dos membros da administração mandou os hóspedes de volta a seus quartos.

Aos poucos, o saguão foi se esvaziando de espectadores. Um cansaço agitado pairava sobre nós enquanto subíamos as escadas para nos dispersarmos pelos corredores.

Por um momento, foi como se todas as possibilidades estivessem abertas. Ninguém podia mais se salvar de sua consternação ao simplesmente rejeitá-la.

Entretanto, as fronteiras voltaram a se unir feito duas metades de uma esfera. A confusão e a dúvida se dissiparam; todos tinham tomado uma decisão. Aconteceu sem votação ou conversas, como que após um despertar coletivo.

Não temos como expulsar os intrusos desta manhã, mas recebê-los se tornou o último pagamento de nossa defesa: os guardas estão de prontidão dia e noite ao redor do pátio e do edifício. Receberam ordens de atirar em qualquer um que atravessar os limites do terreno.

Não consigo desvendar essa nova força que se manifesta entre os hóspedes como energia e euforia. Todas as informações me chegam como se eu estivesse submerso em água.

No salão, a administração acaba de apresentar o sistema de vigilância em seus pormenores. Cada detalhe fornecido os aproxima dos hóspedes. Tudo no Termush está começando a crescer para dentro.

Nunca tinha visto o último dos membros da administração. Seu cansaço e as longas pausas inquisitivas me fazem acreditar que é dele a voz do sistema de alto-falantes do hotel, mas talvez eu esteja atribuindo demasiada importância a uma semelhança casual.

Ele falou sobre os bandos de forasteiros que estão vagando pelas terras ao redor do Termush. Pessoas necessitadas das cidades mais próximas ou de metrópoles mais distantes, remanescentes de grupos maiores, cuja maioria já sucumbiu a ferimentos ou às grandes epidemias. Os mais fortes se juntaram em busca de remédios e alimentos, ou de cidades onde todos os habitantes estejam mortos e os depósitos, intocados. No caminho, muitos ouviram falar do Termush.

Ao fim de sua fala, ninguém se mexeu.

A própria administração rompeu a imobilidade gesticulando e ordenando que as portas fossem abertas.

De roupas brancas e coletes à prova de balas, nove guardas entraram portando metralhadoras. Olhando para a frente, andavam com facilidade peculiar nas botas pesadas, seguindo em direção à mesa da administração. Ali se posicionaram em fileira com os tradicionais movimentos de armas e corpos, todos com os rostos voltados para nós.

Os membros da administração se viraram em suas cadeiras, e vi que estavam sorrindo; talvez aliviados, talvez orgulhosos.

Logo depois do fim da reunião, o primeiro turno de guardas iniciou seu plantão. Do refeitório e do saguão, das janelas dos quartos e dos corredores, podíamos acompanhar os movimentos dos vultos vestidos de branco. Um grupo circundava o edifício e outro, as fronteiras do terreno. Atentos e aprumados, os guardas preservaram a distância designada entre si, enquanto deixavam os olhos patrulharem as armadilhas do pátio e a saída para a estrada.

Era possível distinguir os soldados por muito tempo depois de as árvores e os arbustos já terem perdido seus contornos.

Mesmo exausto, sei que a partir desse momento barramos a nós mesmos o caminho de volta. Todas as trilhas, corredores e passagens não têm saída, já se inverteram e só levam para dentro. Nada mais pode acontecer.

No silêncio, ouço os gritos distantes aos quais os guardas recorrem para manter o estado de alerta. Ou será que se trata de uma linguagem especial em que transmitem observações e ordens uns aos outros?

26

A noite foi escura, agitada, pontuada por súbitos disparos das armas dos guardas. Dormi sem sonhar, fiquei deitado sem me mexer, minhas panturrilhas e meus ombros tensos. A escuridão do quarto e do sono convergiram.

Conversei com Maria e ofereci à administração que usassem meu quarto para os feridos. Eu posso facilmente morar com Maria, não me custaria grandes sacrifícios, e ela está disposta a me acolher.

A administração rejeitou minha proposta de imediato. Comecei a me exaltar e é possível que tenha falado o que não devia. A julgar pelo meu relato, Maria acha que exagerei.

Embora não fosse minha intenção, alguns dos hóspedes presenciaram meu confronto com a administração. Saí do escritório indignado, sem fechar a porta. Estava acometido por uma forte náusea.

━

Vários tiros foram disparados hoje. Ninguém sabe se são apenas tiros de advertência. A administração, que se mistura com os hóspedes o tempo todo, afirma que a visão das novas forças de segurança afugenta os forasteiros.

Um dos guardas chegou do pátio com o braço ferido. O acidente foi atribuído a seu descuido com uma granada de mão. Ele estava sendo apoiado por mais dois, mas, quando o levaram para a enfermaria, ele não tinha só a mão enfaixada, mas também seu rosto estava escondido.

No saguão, reunimo-nos em grupos ao acaso, sendo arrebanhados e dispersados enquanto os membros da administração conversam e circulam entre nós. Não houve nenhum acontecimento importante, e reina um clima em que todas as notícias a respeito do pátio parecem ser notificações de uma vitória. Com a exceção dos guardas vestidos de branco, o pátio está deserto, mas a atenção de todos está voltada para lá.

Estou sentado à escrivaninha. Maria está deitada em minha cama. Ambos estamos calados.

No saguão e no salão, senti que os demais hóspedes sabiam da minha proposta à administração. Não articularam qualquer rejeição ou irritação clara, mas emanava deles um leve desprezo para com a minha tentativa.

Subi para meu quarto logo depois da ceia. Daqui também posso escutar os movimentos nos corredores e no saguão. De repente, há tiros no pátio, mas não ouço gritos.

Sem me dar conta, resumo o quarto com os olhos: o espelho, as obras de arte brilhantes, a cama, a janela, a porta fechada. Deixo os olhos correrem de uma coisa para outra. Maria já adormeceu, com o rosto virado de lado.

27

Dois dos guardas foram mortos pelos forasteiros. A manhã tinha passado tranquilamente; a troca da guarda ocorreu ao meio-dia. Logo depois, nossos adversários abriram fogo a partir de diversos esconderijos no campo ao redor.

Os dois guardas foram levados para o saguão. O rosto de um deles estava irreconhecível; pela sua figura, acho que era o que alertou Maria sobre o pássaro.

Cobriram os mortos com lençóis. Os hóspedes passaram pelas macas onde os corpos se delineavam através do tecido. Sua roupa de proteção já havia sido removida para higienização.

Permanecemos no saguão ou no salão comunal, onde os membros da administração continuaram a nos comunicar novos detalhes. Fizeram questão de mencionar o número de mortos entre os forasteiros.

Pelo terreno do hotel, os guardas se moviam mais depressa, com maior energia ou raiva. Das janelas, nós os acompanhamos com persistência, como se precisassem da nossa força de vontade para agirem livremente.

Passadas umas duas horas, os ataques dos forasteiros cessaram.

28

Estamos nos abrigos subterrâneos.

Hoje de manhã, houve uma nova investida contra os guardas. Entre os hóspedes, voluntários começaram a se oferecer para assumir a roupa de proteção e as armas que estão sobrando.

Maria não responde quando falo com ela. Fita-me com olhos magoados. Mantém-se perto de mim, praticamente me seguindo passo a passo, como se fosse obrigada. Ela me assusta. Está sentada ao meu lado, recostada na parede, dormindo.

As pessoas estão conversando sobre opções de fuga. Alguns falam sobre reféns, ou sobre incendiar o pátio ou destruir a parte do Termush que fica acima do solo.

Os forasteiros pararam de atirar. Nos penhascos próximos, é possível ver suas fogueiras no escuro. O guarda que nos conta isso está muito exausto.

Recebemos permissão de sair dos abrigos subterrâneos, mas a maioria de nós opta por passar a noite aqui embaixo.

A pele das minhas mãos está queimando.

29

Tomamos a decisão de deixar o Termush.

Os primeiros mortos e feridos entre os voluntários foram levados de volta ao hotel.

Amanhã cedo o iate partirá do Termush.

O carregamento de alimentos e água potável já começou. O grupo de transporte está camuflado e protegido por guardas. Enquanto ocorre o transporte, os soldados intensificam o fogo nos limites do terreno. Nossos adversários estão por todo lado, entre as rochas e na planície arborizada do campo. Os guardas vêm marcando suas posições e movimentos em um mapa.

O médico anuncia que permanecerá no Termush. O médico-assistente nos acompanhará no iate. A intenção do médico é ajudar os forasteiros, que sem dúvida trarão muitos feridos consigo. Nem a administração nem os hóspedes contestam sua decisão.

Tenho a sensação de que estou sempre esperando por Maria. Ela me segue por toda parte, parando um pouco atrás de mim e me olhando até eu recomeçar a andar. Está distante e cautelosa; eu a observo para ver em que consiste sua transformação.

Vejo seus olhos, que estão límpidos e abertos. Ela entende o que digo, mas não me responde. Embora seus olhos permaneçam os mesmos, é como se por trás deles ela tivesse dado as costas para quem a observa.

Pego sua mão e reconheço sua pele; abraço-a, e ela sorri. Mas nada acontece dentro dela. Então continuo andando, e ela me segue calmamente, sem olhar para os outros nem se eles lhe dirigem a palavra.

Quando fica com frio, ela me para e aponta para meu paletó.

30

Hoje de manhã, ao raiar do dia, os inimigos atacaram. Aumentaram o fogo na fronteira mais distante do terreno, enquanto uma tropa menor invadia pela estrada de acesso. Um momento de confusão e ordens contraditórias surgiu entre nossos soldados. Em seguida, o ataque foi repelido.

O alarme do teto do hotel nos botou para fora dos quartos. Sem tempo de levar outra coisa além dos pertences mais essenciais, atravessamos o pátio em grupos pequenos até o iate. Os guardas nos deram cobertura. Com a exceção de alguns ferimentos superficiais de bala, os hóspedes do hotel embarcaram ilesos. Os guardas se retiraram pelo pátio; tudo aconteceu tão de repente que o inimigo não percebeu sua intenção. Nossos soldados tiveram tempo de chegar ao barco antes de os forasteiros invadirem as fronteiras do hotel.

Ao zarparmos, vimos o pátio se encher de gente. Estávamos deitados bem próximos uns dos outros, no chão e nos bancos, para nos proteger de tiros vindos do terreno do hotel. Mas ninguém atirou em nós. No meio da encosta, as grandes esculturas de pedra brilhavam ao sol.

Há silêncio no salão do barco. A terra já desapareceu, ficou para trás. O sol está muito quente. O calor causa fadiga aos corpos, deixando-os cair aleatoriamente por toda parte. Maria está recostada em mim.

31

Ninguém acorda descansado. Café e pão estão sendo servidos.

O calor intenso já voltou, embora tenhamos passado frio durante a noite. Há problemas com o motor.

Nós nos revezamos para subir ao convés ou ir ao banheiro.

O barco está balançando de leve. Não há vento.

Estamos esparramados em nossos assentos, muitos de nós com os olhos fechados contra a luz. Ninguém se mexe mais do que o necessário.

Lá fora, o mar entrou em ponto morto, não está escuro nem claro.

POSFÁCIO

Como um canivete ainda fechado, a imagem de uma catástrofe reside dentro de nós. Acredito que, em nossa parte do mundo, esse sentimento seja quase que herdado — provavelmente ainda é mais um sentimento do que um pensamento —, nossa história ao longo dos últimos séculos conta, mais ou menos conscientemente, com isso. Não se trata de pecado original ou de justiça celestial, mas talvez de um simples equilíbrio terreno, quase uma espécie de ecologia moral. Se abusarmos do mundo no qual está inserida nossa cultura, este mesmo mundo revidará, assim como a Terra e seus recursos "se vingarão". O que antes buscávamos acima das nuvens como instância punitiva e equilibradora, mais tarde se mostrou presente na própria Terra, sendo, de certa forma, uma simples questão de química.

Se considerarmos o contexto do mundo desta forma, surge uma semelhança entre a química e a política. Nossos atos e nossos sentimentos já implicam a resposta que teremos do entorno, mas a fatalidade é que o tempo de reação seja tão longo. Talvez o tempo de reação esteja se desenrolando desde o início da colonização — que foi, afinal, pré-requisito da industrialização — até agora. O que começou como conquistas ingênuas e entusiasmadas de tudo o que era exótico, desde povos até metais, lentamente se transformou em um padrão, que, por fim, talvez seja nosso verdadeiro *padrão cultural.* Se levamos em conta como o resto do mundo nos vê, então esse padrão cultural está, sem dúvida, no nosso cerne.

Num salto, os acontecimentos da última década nos mostram esses fatos com clareza absoluta. De modo geral, as agressões contra outros povos, sejam elas políticas, militares ou econômicas, começaram a ser classificadas como erros, palavra que tradicionalmente funciona como um cavalo de Troia para o conceito de crime, em nossa forma peculiar de consciência histórica. Algo similar pode ser dito sobre nossas agressões contra os recursos do planeta, embora a culpa nesse caso seja mais fácil de admitir, talvez porque o grito da química não soe tão alto quanto o das pessoas.

Mas onde buscar as informações e visões que levarão a uma nova moral? Como fazer com que nossa gente se sinta parte da humanidade e parte da fauna do planeta Terra, quando sua dignidade há séculos consiste em ser superior, soberana, a única exceção a todas as outras coisas vivas?

O romance *Termush* começou por seu título, que surgiu para mim em um dia nevoento de 1963, na praia de Dueodde. O farol apitava, pois estava fora de vista, e eu tive a impressão de que não estava apenas alertando os outros, mas que o próprio farol estava tentando escapar, abandonar aquele lugar deserto e fechado. O nome Termush (palavra oxítona) era meramente sonoro, musical, talvez tivesse algo a ver com o som das ondas batendo sob o nevoeiro, e talvez com as sílabas da palavra Hiroshima. Na verdade, só tomei conhecimento dessa última questão muito mais tarde, durante uma visita à cidade japonesa. Mas a palavra também remete a outras referências semânticas (que, no caso de algumas, me foram sugeridas por outras pessoas): terminal, termas, termo, termiteiro e *mushroom* [cogumelo]. De qualquer forma, o mais importante para mim era que Termush, em função de sua sonoridade, fosse um lugar carregado de significado e que ficasse na costa atlântica do hemisfério norte (a costa compartilhada pela Europa e América do Norte: o berço ou o palco da cultura da Europa Ocidental).

Desde meu primeiro livro, a coletânea de contos *Den store fjende* [*O grande inimigo*], de 1961, eu vinha pensando em voltar a trabalhar com o formato de diário. Na época, eu o havia usado no conto-título e achei que o formato servia para explorar a percepção de uma pessoa sobre o grupo em meio ao qual vive — e sobre si mesma em relação ao grupo, especialmente em uma situação de crise. Sem facilitar demais as coisas para mim ou para o narrador, seria possível mostrar suas reflexões, sua autoilusão, seus medos — e talvez a incapacidade de todo seu ideário de lidar com a crise a partir das tradições (inclusive linguísticas) do grupo. Seria possível ser leal e crítico ao mesmo tempo, embora isso, de certa forma, também pudesse levar o autor a afundar com seu narrador.

Do ponto de vista puramente literário, Steen Steensen Blicher[*] já demonstrou com que concentração essa forma pode ser explorada: tanto poética quanto dramaticamente, e em uma densa trama de ação e reflexão que, a meu ver, tornam seus melhores contos alguns dos mais extraordinários da prosa dinamarquesa.

Na primavera de 1967, escrevi este romance durante minha estadia na Itália. Ficou mais curto do que eu havia imaginado; talvez se possa dizer que estava mais para um conto bem longo. Mas, ao reler o livro hoje, 1976, consigo ver que as partes

---

[*] Importante autor e poeta dinamarquês nascido em 1782. [N. E.]

individuais, breves, quase cristalinas, todas preveem a concentração e a concisão da totalidade. As coisas se fecham, não há tempo para um desdobramento calmo e amplo no mundo em que o Termush está situado — os acontecimentos se desenrolam como que num espaço quase sem ar, onde a água fervida se transforma em gelo.

Um pouco mais tarde — por volta de 1970 —, quando o livro foi publicado em alguns outros lugares da Europa, ele foi visto principalmente como um romance de ficção científica, sobretudo na Inglaterra. Isso não incomodou a mim nem o romance (também porque a ficção científica é levada a sério na Inglaterra), mas ao escrever o livro eu realmente não tinha pensado muito sobre o futuro, talvez porque mais parecesse que ele já havia chegado fazia tempo.

Meu foco foi desenhar as consequências do que aconteceria com um europeu ocidental ao ser confrontado com o seguinte problema: há poucas chances de sobrevivência no mundo. Ele compra o direito à sua parcela, mas de repente se dá conta de que a própria sobrevivência terá de ocorrer, de forma totalmente concreta, em detrimento da de outras pessoas. Como será que ele pensa/sente/age?

Precisava ser uma pessoa capaz de articular o que via como sua herança cultural, seu juízo moral e regras de comportamento, um intelectual que encarasse com ceticismo o humanismo que era e continuou sendo a base de seus próprios pensamentos e sentimentos. Teria de ser um homem que apenas levado ao limite pudesse transformar o ceticismo em crítica genuína, e que nem mesmo em seu último momento aceitaria as consequências de que o humanismo é apenas uma tolerância limitada (como no caso da administração do Termush), não um conceito de vida, uma ideologia apta a superar qualquer crise coletiva. O narrador é capaz de sentir tristeza, mas quase nunca raiva: "Antes de tudo, eu queria me manter livre de simplificações, e qualquer ação parecia uma simplificação." Em outras palavras: eu queria retratar um ser humano perspicaz, melancólico, incapaz de agir, assim como às vezes me vejo, como escritor.

A situação externa era bem concreta: a maneira como vivemos e socializamos, a nossa relação com o dinheiro, com o direito à propriedade e com as pessoas em outras partes do mundo tornam a ideia fundamental do Termush não apenas plausível, mas simplesmente *necessária*, como dizemos das coisas que não temos força ou imaginação para mudar, porque nossa própria miséria interna só nos direciona para soluções desse tipo.

Por fim, era evidente (mesmo naquela época) que havia muito tempo construímos um Termush, que nossa parte do mundo realmente consiste em um edifício enorme e antigo, majestoso e lindamente situado em uma reserva natural, isolado das outras partes do mundo, mas autossustentável, como se diz quando você tem o poder de se sustentar, mesmo contando com os recursos do mundo exterior.

A catástrofe de que falei no início deste posfácio ainda não aconteceu — ou ainda não nos demos conta dela. É doloroso não perceber se é uma coisa ou outra. Como agimos como se não houvesse catástrofe alguma, nós somos a catástrofe, continuamos fazendo as mesmas coisas, tanto com nossas mãos quanto com nossos governos. Até certo ponto, faltam-nos informações (as corretas), mas nos falta mais ainda a imaginação profunda e moral que acredito ser uma das condições mais importantes para podermos nos avaliar de forma fundamentalmente diferente, pois apenas "nos momentos em que somos capazes de esquecer nossa própria aridez, a imagem se torna nítida".

Em certo ponto do livro, o narrador passeia pelo antigo pátio do hotel com Maria, a sombra de um amor que ele ainda vivencia: "Minha maneira de conduzi-la pelo braço e meu modo de me dirigir a ela são coisas obsoletas, assim como meus pensamentos quando quero fazer uma crítica integral ao Termush. Olho à volta e tiro a mesma conclusão que os visitantes ao Termush sempre tiraram. Embora eu tente formular minhas objeções, é sempre na mesma linguagem e sobre as mesmas premissas fixas."

O narrador afunda com sua narrativa, e o mesmo pode ser dito sobre o narrador do narrador. Cabe a outros livros narrar/viver/agir de forma diversa. Por isso escrevi alguns livros completamente diferentes depois daquele dia.

E ainda assim.

Sven Holm, 1976

SOBRE O AUTOR

Sven Holm nasceu em 1940 em Copenhagen. Seu primeiro livro foi publicado em 1961 — uma coletânea de contos que logo ganhou sucesso de público e crítica. Ganhador de vários prêmios literários dinamarqueses, é conhecido como um dos mais importantes escritores do país. Faleceu em 2019. *Hotel Termush* é seu romance mais conhecido.

TIPOGRAFIA: Rufina - texto
　　　　　　Uni Sans - entretítulos
　　　PAPEL: Avena 80 g/m² - miolo
　　　　　　Couché 150 g/m² - capa
　　　　　　Offset 150 g/m² - guardas

IMPRESSÃO: Ipsis Gráfica
　　　　　　Junho/2025